AF397976

Cartagena

Frank Katzbach

Verrat

Erzählungen • Kurzgeschichten • Fragmente

Texte: © Cartagena Verlag GmbH, Berlin 2018

Umschlag: © Cartagena Verlag GmbH, Berlin 2018

www.cartagena-verlag.de

Druck: Books on Demand GmbH, Norderstedt

Printed in Germany

ISBN: 978-3-9819-5541-5

Frank Katzbach

Verrat

Erzählungen • Kurzgeschichten • Fragmente

Inhaltsverzeichnis

Verrat

Wortlos sah die junge Frau ihren Vater an. Sie blickte dabei in kalte, blaue Augen. Das konnte nur heißen, er würde seine Meinung niemals ändern. Trotzdem umarmte sie ihn und küsste seine glattrasierte Wange. "Bis später, Paps. Pass auf dich auf!", flüsterte sie. Er ließ es schweigend geschehen. Dann griff sie nach ihrem Gepäck, drehte sich um und ging die wenigen Meter bis zum Waggon. Sie wuchtete gerade ihren schweren Koffer hinein, als das Signal zur Abfahrt ertönte. Schnell stieg sie ein, bevor die Tür sich schloss, und schaute ein letztes Mal in seine Richtung. Ein kurzer Ruck, dann rollte der Zug langsam an. Plötzlich begann ihr Vater zu laufen. Erst im Schritttempo, dann schneller werdend. Dabei winkte er ihr zu. Erst das Ende des Bahnsteigs stoppte seinen Lauf, und jetzt wusste sie, es war vielleicht doch kein Abschied für immer.

Ein hoffnungsvolles Lächeln huschte über ihr Gesicht, und einige Sekunden sah sie ihren Vater – immer noch winkend – am Ende des Bahnsteigs stehen. Dann entschwand er ihrem Blick. Ulrike griff ihren Koffer und zog ihn hinter sich her. Als sie nach einigen Metern einen geeigneten Platz gefunden hatte, stellte sie das sperrige Gepäckstück vor einem Sitz ab und setzte sich auf den benachbarten. Der

Koffer war zu schwer, als dass sie ihn hätte allein auf die Ablage über ihr bugsieren können und ein hilfsbereiter Mann gerade nicht in der Nähe.

Ulrike sah aus dem Fenster. Der Zug hatte die Stadt, die nicht sehr groß war, bereits verlassen, und die Landschaft glitt langsam an ihr vorbei. Das Wetter lud nicht zum Hinausschauen ein. Die grauen, tiefhängenden Wolken ließen kaum Sonnenlicht hindurch, und diese Trübe spiegelte am besten Ulrikes Gemütszustand wider. Hatte sie zu viel in das letzte Winken ihres Vaters hineininterpretiert? Auch wenn sie sich wiedersehen sollten, und davon war sie momentan überzeugt, sie kannte ihren Vater und wusste, er würde weiterhin versuchen, auf seiner Meinung und seinen Interessen zu bestehen. "Ich mach das doch alles nur für dich", bekam sie bei ihren Diskussionen stets zu hören, wobei diese Diskussionen eher handfeste Streitigkeiten waren. Wie meist, so stand Ulrikes Mutter auch während ihrer letzten Besuche in der Küche und kochte oder backte oder machte irgendwas – "Onkel Erwins Meißner Porzellanservice war schon wieder eingestaubt. Weißt du eigentlich, was so ein altes Stück heutzutage wert ist?" –, nur, um nicht Partei ergreifen zu müssen. Die wenigen Male, bei denen sie jedoch Partei ergriffen hatte, waren stets mit dem gleichen Satz ihres Vaters eingeleitet worden. "Mutti, nun sag doch auch mal was dazu!" Die Antwort war immer dieselbe. "Ulrike, Vati hat völlig Recht. Er will doch nur dein Bestes. Außerdem musst du doch auch mal an uns denken!"

Wie lange ging das eigentlich schon so? Ulrike fiel es schwer, die Antwort mit einem eindeutigen Datum zu versehen, und insgeheim beantwortete sie sie innerlich mit dem Wissen, es war schon immer so. Aber was hieß das genau? Seit dem Kindergarten? Seit der Schule, als sie erst mit dem blauen und später mit dem roten Halstuch Gruppenratsvorsitzende war? Oder fing es erst an, als sie während der Zeit an der Erweiterten Oberschule erstmalig zu Hause aufbegehrt und ihrem Vater gesagt hatte, sie wolle nicht mehr die Rolle der FDJ-Sekretärin spielen? Auf jeden Fall nahm sie es da zum ersten Mal bewusst wahr, denn ihr Vater hatte sie das ganze Wochenende über bearbeitet und sie sogar angeschrien. "Willst du alles aufs Spiel setzten? Das geht nie mehr aus deiner Kaderakte raus, und das Studium kannst du dann auch vergessen. Außerdem werden sie mich unter Druck setzen und sagen, ich kann keinen Betrieb leiten, wenn ich nicht mal meine eigene Tochter im Griff habe. Mutti, nun sag doch auch mal was dazu!" Damals hatte ihr Vater einen hochroten Kopf, der erst wieder etwas heller geworden war, als ihre Mutter die üblichen Sätze ausgesprochen hatte. Plötzlich konnte sie genau sagen, wie lange es schon so lief. 'Sommer 83', erinnerte sie sich. Damals waren gerade Ferien, und das Zeugnis der bevorstehenden elften Klasse sollte ein Jahr später die Zulassung für das geplante Medizinstudium sichern. Ulrikes Noten waren zwar ausgezeichnet, aber ihre Funktion in der FDJ auf jeden Fall hilfreich. Genauso hilfreich wie Vatis Mitgliedschaft in der Partei, seine Funktion in der SED-Kreisleitung sowie seine eigentliche Tätigkeit als Betriebsdirektor des "VEB Feinmechanisches Werk Rathenow".

Aber das war 1983 gewesen und seitdem fünf Jahre vergangen. Eine Ewigkeit. In dieser Ewigkeit gab es Zeiten, in denen die Welt in Ordnung zu sein schien. Zumindest zu Hause.

Ulrike sah kurz aus dem Fenster. Die Reise nach Berlin würde noch eine Weile dauern, und zum trüben Wetter gesellte sich nun auch noch ein feiner Nieselregen, der unzählige kleine Tropfen auf der Fensterscheibe hinterließ. Wässrige Fäden bildeten sich daraus und glitten wabernd nach unten, genau auf Ulrike zu. Sie bekam Durst und griff nach der Flasche Orangenperle, die ihre Mutter, genau wie die belegten Brote, in ihre Umhängetasche gesteckt hatte. Sie öffnete den Kronkorken vorsichtig, damit die Kohlensäure nicht explosionsartig entweichen konnte, trank einen Schluck und stöpselte die Flasche mit dem Plastikverschluss wieder zu, der stets im Innenfach ihrer Umhängetasche lag. Dann stellte sie die Flasche auf das Tischchen aus Aluminium und Hartplaste, das unter dem Fenster befestigt war und machte es sich erneut auf der Sitzbank bequem.

Ihre Gedanken glitten augenblicklich zurück in die Vergangenheit. Sie fragte sich, wann sie das erste Mal in ihrem Leben Verrat geübt hatte? Genau das hatte ihr Vater Ulrike am Wochenende vorgeworfen, allerdings nur in Bezug auf seine Person und für den Fall, sie würde an ihren Zukunftsplänen festhalten. "Du verrätst deine eigene Familie", hatte er gesagt und dabei wieder diesen hochroten Kopf, den er immer bekam, wenn er maßlos erregt war. Sie war sich nicht sicher, aber die Angelegenheit im Herbst 83 war ein erstes Indiz für einen Verrat. Damals hatten sie Wandertag, und während die Klasse, nur begleitet von ihrem Klassenlehrer Herrn Willich, eine Landstraße überquerte, pflückte ihr Mitschüler Ingo, einen Apfel von einem der unzähligen Apfelbäume, die die Landstraße säumten. Er biss herzhaft hinein, aber noch bevor er das Apfelstück zerkauen konnte, kam der Klassenlehrer angerannt und brüllte ihn an. Er solle den Apfel hergeben und das Stück ausspucken. Alle dachten, damit wäre die Sache erledigt und alle dachten falsch.

Am darauffolgenden Tag, sie hatten eine Doppelstunde Chemie bei Herrn Willich, begann dieser den Unterricht anders als erwartet. Ingo musste vor die Klasse treten und sich für den Diebstahl von Volkseigentum entschuldigen. Darauf bestand Herr Willich. Hätte Ingo vor dem Tribunal, der Klasse, nach seinem Geständnis reumütig geweint, wäre wahrscheinlich alles vorbei gewesen; doch genau das hatte er nicht getan, sondern grinsend seinen Spruch heruntergeleiert. "Ich möchte mich vor dem Klassenkollektiv dafür entschuldigen, dass ich Volkseigentum, einen Apfel, gestohlen habe. Ich hatte Hunger, und da die Bäume an der Straße standen und nicht eingezäunt waren, dachte ich, ich könnte mir einen nehmen." Fast allen Mitschülern war es schwergefallen, nicht laut loszulachen, vor allem den Jungs, die nach unten blickten, um das Schlimmste zu verhindern. Herr Willich bekam das scheinbar mit, denn Ingo wurde nicht aus seiner Pein entlassen. Ganz im Gegenteil. Der Klassenlehrer forderte die Schüler auf, ihre Meinung zu äußern, und das hieß nur eines: Ingo musste verurteilt werden. Erwartungsvoll hatte Herr Willich dabei zu Ulrike gesehen, die ihre Rolle als FDJ-Sekretärin, als Tochter eines volkseigenen Betriebsdirektors – das dachte sie manchmal und musste dabei jedes Mal innerlich grinsen –, als Vorbild und Musterschülerin erfüllte. Sie hatte den Erwartungen, die in sie gesetzt wurden, entsprochen und den Diebstahl aufs Schärfste verurteilt. Sie sprach dabei für die gesamte Klasse und eigentlich wäre es damit vorbei gewesen, hätten nicht Kirsten und Petra ihre Vorlage nachgeplappert, um sich ihrerseits zu profilieren.

Bis heute ärgerte sie sich darüber, nicht gesagt zu haben, was es wirklich war, über das sie hier sprachen. Eine Lappalie. Schließlich durfte man auch im Wald Pilze sammeln, obwohl er dem Volk gehörte. Doch dazu fehlte ihr damals der Mut, und deshalb hatte sie Ingo, genau wie alle anderen

Mitschüler auch, verraten. Ihre Schuld wog nicht weniger, nur weil alle sie trugen. Sie verteilte sich nicht gleichmäßig auf die Schultern aller, und ihr Gewicht ließ niemals nach. Die Angelegenheit hatte zwar keine weiteren Konsequenzen für Ingo, aber allein die Tatsache, so an den Pranger gestellt zu werden, war sicherlich unangenehm genug gewesen.

Genau wie der Vorfall, der sich ein knappes Dreivierteljahr später ereignet hatte. Die zwölften Klassen hatten ihre Abiturprüfungen, und daher bekamen sie, die Elfer, einen Ersatzstundenplan. Der Auslöser des Ärgers war einfach nur der Umstand, dass am Montag, normalerweise hatten sie fünf Stunden, eine sechste Unterrichtsstunde im Ersatzplan vorgesehen war. Niemand konnte sich erklären, warum der Ersatzplan mehr Stunden aufzuweisen hatte. Zumal die anderen Tage exakt das Unterrichtsvolumen umfassten, welches sie bereits das ganze Schuljahr über hatten. Die Mehrstunde des Montags wurde nirgendwo ausgeglichen und als es in der Schule keine Antwort darauf gab, beschloss ein Mitschüler, sie sich beim Stadtschulrat persönlich zu holen. Aber erst am Montagnachmittag und damit nach der sechsten Stunde. Alle Schüler der Klasse waren einverstanden und auch sie, Ulrike, froh darüber, dass jemand diese unangenehme Aufgabe übernommen hatte.

Das dicke Ende kam am nächsten Tag und zwar sofort zu Beginn der ersten Unterrichtsstunde. Der Stellvertreter des Schulleiters betrat die Klasse und klärte die Schüler darüber auf, am Vortag habe einer der ihrigen sich beim Stadtschulrat darüber beschwert, dass sie Staatsbürgerkundeunterricht gehabt hätten. Natürlich vergaß er zu erwähnen, es war die sechste und damit zugleich die zusätzliche Stunde, um die es lediglich ging. Der Dissident Helmut musste vor die Klasse, und sein Einwand, die gestrige Frage wäre nicht dem Fach, sondern allein der Tatsache einer sechsten Stunde geschuldet gewesen, wurde schnell als das entlarvt, was es war. Eine faule Ausrede! Dass es sich dabei auch um Mathe, Deutsch, Physik oder eben, wie zufällig geschehen, um Staatsbürgerkundeunterricht hätte handeln können, wurde unbeachtet vom Tisch gefegt. Das Urteil stand fest. Tod durch den Scheiterhaufen! Sie, seine Mitschüler, gestern noch Mittäter oder doch wenigstens Sympathisanten des Unheiligen, legten das Feuer, und wieder war es Ulrike, auf die der Blick des Inquisitors fiel. Fromm und demütig hatte sie sich von Helmuts Verhalten distanziert und dabei nicht vergessen, auf die Bedeutung gerade dieses Fachs hinzuweisen. Es würden ihnen doch gerade im Staatsbürgerkundeunterricht die Grundlagen des real existierenden Sozialismus vergegenwärtigt und die führende Rolle der Partei, welche den Willen der herrschenden Klasse, ihrer geliebten Arbeiterklasse, konsequent umsetze, um sie zur nächsten Entwicklungsstufe, dem Kommunismus, zu führen, verdeutlicht. Kirsten und Petra schlossen sich wieder ihrer vorbildlichen Meinung an, und auch dieses Ereignis hatte scheinbar keine Konsequenzen. Helmut bekam später seine Studienzulassung, und ob seine dreijährige Verpflichtung zur Nationalen Volksarmee etwas mit der Sache zu tun hatte, blieb immer ein Geheimnis. Wenn es so gewesen war, dann hatte sie ihn doppelt verraten. Sie hatte nicht darauf hingewiesen, dass diese Angelegenheit in der Schule hätte geklärt werden können, und sie vergaß auch zu erwähnen, dass Helmuts politische Bildung vorangetrieben worden war, und er erst nach dem Unterricht die Frage beim Stadtschulrat gestellt hatte. Die Absprache in der Klasse erwähnte sie auch nicht und erst recht nicht, wie froh sie war, dass er das übernommen hatte. Und genau darüber waren damals, spätestens ab dem Erscheinen des stellvertretenden Schulleiters, alle froh. Es wäre so einfach gewesen, alles aufzuklären, aber niemand tat es. Sie auch nicht. Sie hatte ihn verraten, alle hatten ihn verraten, aber das durfte keine Entschuldigung sein. Und nun bezichtigte sie ihr eigener Vater des Verrats. Des Verrats an ihm.

Das erste Mal tat er das vor zwei Wochen, als Ulrike mit ihren Eltern über das freudige Ereignis sprach. Zwei Mal im Monat fuhr sie nach Hause. Die anderen Wochenenden verbrachte sie in Berlin, und insgeheim hatte sie bei ihrer letzten Heimreise gehofft, ihre Eltern würden sich freuen. Ein bisschen wenigstens. Aber das taten sie nicht. Nicht eine freundliche Regung war ihnen anzumerken gewesen. An einige helfende Worte ihrer Mutter – 'Vati, nun freu dich doch! Es ist doch nicht schlimm, wenn du bald Opa wirst' – war nicht zu denken. "Hättest du nicht besser aufpassen können?", war Muttis fragender Kommentar gewesen, und ihre Stimme klang dabei leise und vorwurfsvoll. In einem waren sich die Eltern einig, auch wenn es nur ihr Vater aussprach. "Muss es gerade jetzt sein? Du bist im dritten Studienjahr. Soll etwa alles umsonst gewesen sein?" Ihr Vater bekam bei diesen Worten wieder einen roten Kopf, doch seine Frau tätschelte rechtzeitig seine Hand. "Vati, nun reg dich doch nicht so auf. Sie kann es doch immer noch wegmachen lassen." Das schien für ihre Eltern die beste Lösung zu sein. Ohne Ulrike überhaupt zu fragen, ob sie dazu bereit wäre, schlugen sie ihr vor, den Eingriff in Berlin machen zu lassen. Rathenow sei schließlich klein und die Verschwiegenheit der Mitarbeiter des Kreiskrankenhauses nicht gewiss. Man müsse auch an Vatis Ruf in der Stadt denken.

Aber Ulrike dachte nicht im Entferntesten daran, dem jungen Leben, das in ihr heranwuchs, dieses Schicksal

16

aufzubürden. Dazu war es sowieso zu spät, wobei das nicht der wahre Grund ihrer Entscheidung war, und sie ihn ihren Eltern auch noch nicht nannte. "Als zukünftige Ärztin soll ich Leben retten und es nicht vernichten", antwortete sie. "Außerdem gibt es Kinderkrippen, und das Studium ist trotzdem zu schaffen. Ich wäre nicht die erste Studentin, die Mutter wird." Ihr Vater gab sofort zu bedenken, es sei doch nicht nur das Studium, welches es zu absolvieren gelte. Die spätere Facharztausbildung, die Schichtdienste im Krankenhaus, die sie unbedingt machen müsse, wenn sie es auch zu etwas bringen wolle, würden ihr alles abverlangen. Aber zu was wollte sie es bringen? Sie wollte Ärztin werden, genau das, was ihre Eltern jahrelang wollten und worauf sie ihre Tochter getrimmt hatten.

Doch dann war die Bombe geplatzt. Ulrike hatte nur gefragt, ob sie nicht einmal wissen wollten, wer der Vater sei. Die beiden schauten sie etwas betreten an, und der Blick verriet, es wäre unwichtig, wenn ihre Tochter die einzig richtige Entscheidung träfe. "Spielt das eine Rolle?", fragte ihr Vater trotzdem.

Es spielte eine, als Ulrike sagte, er sei kein Mitstudent und auch kein Mann, der in der DDR lebe. Die Augen ihrer Eltern weiteten sich, und Ulrike wusste in dem Moment genau, woran sie dachten. In Rathenow hatte es damals für reichlich Gesprächsstoff gesorgt. Natürlich nur hinter vorgehaltener Hand. Niemand hätte es für möglich gehalten, dass die drei Angolaner, die in Vaters Betrieb eine Ausbildung gemacht hatten, ihre Spuren hinterlassen könnten. Die Ausbildung der drei wurde als Akt der Solidarität, als Beitrag der DDR zur Befreiung des angolanischen Volkes, gefeiert, und natürlich wollte man, dass sich die Gäste während ihres Aufenthalts im Arbeiter- und Bauernstaat wohlfühlten. Aber so wohl nun auch nicht. Die Neugier der Mädchen hatte man nicht bedacht und die Dummheit einer von ihnen erst recht nicht. Die Dümmste war diejenige gewesen, die nicht hatte abtreiben lassen und das Kind zur Welt brachte. "Ist das ein süßes Baby", hatten alle lächelnd gesagt, aber das war nur der offiziellen Lesart geschuldet. Das Getratsche hatte kein Ende genommen, und als die drei Angolaner zwei Jahre später abreisten, reisten auch die junge Mutter und das dunkelhäutigere Baby, es war ein Mädchen, ab. Niemand wusste wohin, aber wahrscheinlich nach Afrika. "Dort kann die Schlampe am besten beim Aufbau des Sozialismus helfen", hatte man hinter vorgehaltener Hand geflüstert und dabei süffisant gegrinst.

"Was heißt, er ist nicht aus der DDR?", hatte ihr Vater gefragt und als Ulrike erwiderte, er müsse sich wegen der Hautfarbe keine Sorgen machen, erschlaffte sein massiger Körper wieder etwas. Auch ihrer Mutter war sofort anzusehen gewesen, welche Last von ihr abfiel. "Nicht, dass du das falsch verstehst, Kind …", hatte sie gesagt und den Satz nicht zu Ende gesprochen. "Keine Sorge, es wird weiß", hatte sie ihre Eltern, zumindest diesbezüglich, beruhigt, gleichzeitig aber auch deren Neugier geweckt. "Und wie heißt er nun?", hatte ihre Mutter dann gefragt. Als sie erfahren hatte, sein Name sei Christian Weber, sah sie Ulrike irritiert an. "Ich denke, er ist nicht aus der DDR? Der Name klingt aber Deutsch." Daraufhin hatte Ulrike genickt und gesagt, das sei bei Männern aus dem anderen Teil Deutschlands meist so.

Die Gesichtsfarbe ihres Vaters änderte sich schlagartig, und das deutlich mehr, als sie es normalerweise von ihm gewohnt war. Es ging auch schneller, und die Ader in der Mitte seiner Stirn war dabei überdeutlich hervorgetreten. Sie kündigte Ungemach an. Ihre Mutter sagte nur, sie würde Vati noch unter die Erde bringen. Sie, Ulrike, müsse doch auch an ihn denken, bei allem, was er, Vati, schon für sie getan hatte. Dann war ihre Mutter sofort hastig in die Küche geeilt und hatte ihm einen Beruhigungsschnaps geholt. Sicherheitshalber hatte sie auch gleich die halbvolle Flasche aus dem Kühlschrank auf das kleine Tablett gestellt.

Nach zwei Schnäpsen ging es ihrem Vater wieder besser. "Du darfst niemandem sagen, dass der Vater aus dem Westen ist. Wenn das rauskommt, dann schmeißen sie mich nicht nur aus der Kreisleitung der Partei raus. Was hast du dir dabei überhaupt gedacht?" Den letzten Satz schrie er wieder und Mutti goss schnell noch einen Doppelkorn für ihn ein. Natürlich einen aus Nordhausen. Die Bekannte aus dem Konsum legte ihn immer für sie zur Seite. Die normale Kundschaft musste sich stets mit dem aus Berlin zufriedengeben.

Der Kopf ihres Vaters hatte wieder die normale Farbe angenommen, als Ulrike sagte: "Gar nichts. Ich hab ihm nicht angesehen, wo er her ist und erst später erfahren, dass er an der Freien Universität studiert."

"Du musst das beenden! Wenigstens sieht man das dem Kind nicht an", hatte ihr Vater sofort erwidert und von ihr verlangt, sie solle sich bis zum nächsten Mal entscheiden und ihm dann sagen, wie es weiterginge. Selbstverständlich auch Mutti.

Ulrike hatte seitdem nachgedacht und es nicht versäumt, Christian in die Entscheidung mit einzubeziehen. Immerhin war er der Vater des Kindes, und als sie sich letztes Wochenende in Ost-Berlin wieder trafen, fragte er sie, ob sie ihn heiraten würde. Sie hatte seinen Antrag nicht angenommen, aber auch nicht abgelehnt. Es gab so vieles zu bedenken, und dazu gehörte in erster Linie ihr Studium. Sie wollte es unbedingt abschließen. Doch das bedeutete auch, Christian musste zwei Jahre warten und sie sähen sich weiterhin nur an den Wochenenden. Und das nicht einmal an jedem. Er hatte zwar vorgeschlagen, sie könne ihr Studium auch in West-Berlin fortsetzen, aber Ulrike sofort interveniert. Im Westteil der Stadt gab es kaum Kinderkrippen und ihr Freund hatte das eingeräumt. "Zwei Jahre sind schnell vorbei, und 1990 bin ich mit dem Studium fertig. Der Abschluss der Humboldt-Uni wird doch bei euch anerkannt. Bis dahin können sich auch meine Eltern beruhigen und vielleicht ..." Ulrike hatte gestockt und Christian verstand genau warum. Sie hatte ihm schon einiges über ihre Eltern erzählt. Außerdem war ein Ausreiseantrag eine fast unplanbare Angelegenheit. Niemand konnte sagen, wie lange eine Bearbeitung dauern würde, und während dieser Zeit dürfte sie ihr Studium bestimmt nicht fortführen. Und da war ja noch ihr Vater. Ulrikes Ausreise würde ihn die Stellung sowie die Privilegien kosten. Nicht nur in der Kreisleitung der Partei. Das würde in zwei Jahren nicht anders sein, aber bis dahin konnten sie und Christian alles vorbereiten. Ulrike hegte sogar die leise Hoffnung, ihr Vater könnte sich mit der Situation einigermaßen arrangieren. So viele Arbeitsjahre lagen schließlich nicht mehr vor ihm. "Aber in zwei Jahren heiraten wir, und dann möchte ich auch offiziell der Vater unseres Kindes sein", hatte Christian geantwortet und sie geküsst. Alles war so romantisch. Selbst das Studentenwohnheim in Lichtenberg, wo er ihr vor einer Woche den Antrag gemacht und schon vorher gelegentlich mit in ihrem Zimmer übernachtet hatte, erstrahlte in neuem Glanz. Keiner der Mitbewohner hatte bisher Verdacht geschöpft oder gemerkt, wo er herkam. Ulrike war sehr froh darüber, dass er nicht den Wessi raushängen ließ und sich stets bescheiden gab. Die Levis und die Turnschuhe fielen im Wohnheim nicht weiter auf, und sein ausgewaschenes T-Shirt mit dem Konterfei von Che Guevara ließ Zweifel an seiner Identität erst gar nicht aufkommen. Und außerdem gab es noch seine Oma im Prenzlauer Berg, die er auch oft besuchte und die nichts dagegen hatte, wenn er sie immer wieder mitbrachte. Ulrike mochte die alte Frau und das schien auf Gegenseitigkeit zu beruhen. Gelegentlich übernachteten sie auch gemeinsam in Omas Wohnung, die ihr allein sowieso viel zu groß war. Als sie ihr von der Schwangerschaft erzählten, freute sie sich und meinte, sie hätte gar nicht mehr daran geglaubt, noch Uroma zu werden. Aber nach dem kurzen Moment der Freude sah sie die beiden ernst an. "Ich hoffe, ihr schafft das. Euch ist doch klar, dass es nicht einfach werden wird." Das war es ihnen. Allen beiden.

Sie klärten die alte Frau über ihre Pläne auf, und diese teilte ihre Vorstellungen, bis auf die Tatsache, weswegen Ulrike den Namen des Vaters vorerst geheim halten wollte. "1990 werden sie sagen, du gibst ihn nur als angeblichen Vater an, um ausreisen zu können. Dann werden sie dich noch länger warten lassen oder dir das Kind wegnehmen. Gründe für so was finden sich immer", gab Hedwig zu bedenken. Ihr Argument war nicht von der Hand zu weisen. Ulrike und Christian beschlossen, sich darüber Gedanken zu machen. Dafür hatten sie noch einige Monate Zeit. Wobei die Hauptlast dieser Gedanken bei Ulrike lag. Die Tatsache, der Vater ihres Kindes kam aus der Bundesrepublik, dürfte bereits reichen, um sie aus der Partei auszuschließen. Jetzt bereute sie es, dem Drängen ihrer Eltern nachgegeben und kurz nach ihrem 18. Geburtstag die Kandidatur als Mitglied der SED beantragt zu haben. 'Aber das konnte doch niemand vorhersehen', dachte sie und war selbst erstaunt, welche abrupten Wendungen das Leben einschlagen konnte.

Was sie jedoch genau vorhersehen konnte, war ihr bevorstehendes Tribunal. Das Parteiausschlussverfahren. Plötzlich verstand sie genau, wie Ingo und Helmut sich damals gefühlt haben mussten. Ihr würde es bald ähnlich ergehen. Wahrscheinlich noch viel schlimmer. Die Frage war lediglich, ob es schon in sechs Monaten oder erst in zwei Jahren soweit wäre. "Aufgeschoben ist nicht aufgehoben", murmelte sie leise und dachte an gestern Abend, als sie mit ihren Eltern darüber gesprochen hatte. Immerhin hatte ihr Vater sie bereits vor zwei Wochen zu einer Entscheidung gedrängt und diese Galgenfrist gewährt, wohl wissend oder wenigstens genau ahnend, wie sich seine Tochter verhalten würde. Diesmal hatte er sich getäuscht. In seinem eigenen Fleisch und Blut.

Als sie ihn über ihre Zukunftspläne informierte, wurde sein Kopf zwar wieder sehr rot, aber das Schreien blieb aus. Vorerst. Mit offenem Mund saß er da und öffnete instinktiv den obersten Knopf seines Hemdes. "Vati, ist alles in Ordnung mit dir?", hatte ihre Mutter ängstlich gefragt. In dem Moment dachten beide, Mutter und Tochter, er würde einen Herzinfarkt bekommen, doch nach einer Minute japste er: "Jetzt brauch ich einen Schnaps."

Nach dreien hatte er sich wieder gefangen. "Wenn du das machst, dann hast du hier nichts mehr verloren", waren seine Worte gewesen. Ihre Mutter ergriff zum ersten Mal Partei gegen ihn, als sie zaghaft meinte: "Aber Vati, ..." Weiter kam sie nicht. "Auf wessen Seite stehst du eigentlich?", hatte er sie angeschrien und dann an Ulrike gewandt weitergewettert. "Jetzt siehst du, was du angerichtet hast. Du machst die ganze Familie kaputt. Alles, wofür ich mein

Leben lang geschuftet habe, geht den Bach runter, nur, weil du dir von so einem Dahergelaufenen die Ohren vollquatschen und ein Balg andrehen lässt. Du verrätst deine Familie wegen so einem? Morgen verlässt du dieses Haus und brauchst gar nicht erst wiederzukommen, wenn du bei deiner Meinung bleibst."

Damit war das Thema für ihren Vater beendet und ihre Mutter hatte nicht gewagt, noch einmal zu widersprechen. Ulrike war in ihr Zimmer gerannt und hatte sich aufs Bett geschmissen. Sie hatte bitterlich zu weinen angefangen, und nach einiger Zeit kam, zu ihrer eigenen Überraschung, ihre Mutter und setzte sich zu ihr aufs Bett. "Er meint es nicht so." Mit diesen Worten hatte sie versucht, ihre Tochter zu trösten und Ulrike dabei übers Haar gestrichen. Beide Frauen wussten, dem war nicht so.

Beim Frühstück am heutigen Morgen saßen sie schweigend in der Küche. Die Stille war unerträglich, und erst kurz bevor der Tisch abgeräumt wurde, meinte ihr Vater: "Du hast mir also nichts zu sagen?"

"Nichts, was du hören möchtest."

"Dann weißt du ja, was das heißt." Er stand auf und verließ die Küche.

"Ich habe letzte Nacht versucht, noch mal mit Vati zu sprechen. Ulrike, du bist unser einziges Kind." Mehr sagte ihre Mutter nicht, und Ulrike war sich nicht sicher, was sie von diesem Satz halten sollte. War es der Versuch, an ihre Vernunft zu appellieren? Doch das hieß nur, sie sollte wieder nachgeben. Wie immer also!

Leise ging sie nach oben in ihr Zimmer und begann, den großen Koffer zu packen, den sie normalerweise nie benutzte. Aber heute war nichts normal. Bis auf die Tatsache, dass ihr Vater sie mit seinem Wartburg noch einmal zum Bahnhof fuhr. Wie sonst hätte sie hinkommen sollen? Es gab keine Bushaltestelle in der Nähe, und ein Taxi hätte schon gestern reserviert werden müssen. Und was sollen die Nachbarn denken, wenn die Tochter des angesehenen Herrn Direktors sich mit dem riesigen Koffer allein auf der Straße abquälen muss?

Von ihrer Mutter hatte sich Ulrike bereits im Haus verabschiedet, und die Fahrt zum Bahnhof verlief genauso still wie der ganze Sonntag daheim. Auf Grund der angespannten Situation waren sich scheinbar alle einig gewesen, auf das sonst rituelle Mittagsmahl zu verzichten. Es hätte sowieso niemand einen Happen hinunterbekommen.

Das Warten am Bahnsteig hatte, Gott sei Dank – auch Genossen sagten das –, nicht sehr lange gedauert. Ihr Vater hatte die ganze Zeit gefasst geschwiegen, und Ulrike tat es ihm, etwas weniger gefasst, gleich. Doch dann kam diese Reaktion von ihm – sehr spät zwar, aber vielleicht nicht zu spät.

Ulrike beendete ihre Gedanken vorerst. Der Zug hatte Berlin erreicht und auch das Wetter sich deutlich gebessert. Es regnete nicht mehr, und eine milde Abendsonne bemühte sich, die Unbilden des Tages vergessen zu machen. In wenigen Minuten würde sie im Bahnhof Lichtenberg aussteigen und mit der S-Bahn rasch zum Studentenwohnheim gelangen. Sie war gespannt, ob ihr Vater sich im Laufe der nächsten Woche bei ihr melden würde, um zu fragen, wie es ihr ginge, und ob er sie am Bahnhof in Rathenow abholen kommen soll. Das machte er schließlich schon seit fast drei Jahren vor jedem zweiten Wochenende so.

Hedwig schloss das dick gefüllte Kuvert und klebte es vorsichtshalber auch noch mit Tesafilm zu. Sie vertraute diesen

neumodischen Umschlägen nicht, die zwar selbständig kleb-
ten, aber ihrer Meinung nach nie richtig geschlossen blieben. Bedächtig hielt sie den Brief in der Hand und überlegte, wie viel Porto sie wohl darauf kleben müsse. Sie wusste
es nicht, und da sie bei der Zustellung kein Risiko einge-
hen wollte, wie oft gingen schließlich Briefe verloren,
beschloss sie das zu tun, was sie innerlich schon lange
beschlossen hatte.

Sie sah zu Sebastian, der immer noch seinen Mittagschlaf machte. Der Junge lag auf dem Bauch, atmete tief
und fest, und gelegentlich drang ein knatterndes Geräusch
aus seiner Hose. Hedwig musste schmunzeln, als es wieder
passierte. Sie schaute auf ihre Armbanduhr und wusste, der
Junge würde bald aufwachen. Zärtlich streichelte sie erst
seine Wange und strich ihm übers Haar. "Aufstehen, mein
Engel. Die Oma will mit dir noch auf den Spielplatz gehen",
flüsterte sie liebevoll, und das reichte bereits, um ihn wach
zu bekommen. Die Augen des Jungen begannen sich blin-
zelnd zu öffnen, und ein paar Sekunden später setzte er sich
und strahlte die alte Frau an. "Oma, ich hab nicht geschlafen."

"Natürlich nicht", erwiderte sie lächelnd. "Zieh dich
schnell an, aber geh vorher noch mal pullern, damit wir auf
den Spielplatz können." Sie wusste, Sebastian freute sich
schon den ganzen Tag darauf.

Bevor sie losgingen, steckte Hedwig noch den Brief in
den Stoffbeutel, in dem auch eine Packung Kekse und eine
Flasche Apfelsaft waren. "Wir müssen vorher noch zur
Post."

Neugierig antwortete Sebastian: "Warum?"

"Ich muss einen Brief abschicken. Deshalb."

"Den kannst du doch in den Kasten stecken."

"Den nicht. Das ist ein Einschreiben mit Rückschein."

"Was ist das?"

"Ein Brief, bei dem einem gesagt wird, ob der Empfänger ihn auch erhalten hat."

"Was ist ein Empfänger?"

"Derjenige, der den Brief bekommen soll."

"Ach so." Damit gab sich Sebastian endlich zufrieden und griff sich sein Buddelzeug. "Na los, Oma. Komm schon!", trieb er die alte Frau an.

Eine halbe Stunde später trafen sie auf dem Spielplatz ein. Es war ein schöner, warmer Sommertag Ende August und der blaue, wolkenlose Himmel verriet, es würde auch die nächsten Stunden so bleiben. Hedwig setzte sich auf eine der Bänke, die im Schatten standen und sah ihrem Urenkel zu, wie er begeistert Sand in sein kleines Eimerchen füllte und ihn zwei Meter weiter wieder entleerte. Das tat er ein paar Mal und freute sich riesig über das Loch, das er dabei ausgehoben hatte.

Irgendwann hatte er Durst und kam zur Bank gelaufen. Er setzte sich und kramte aus dem Beutel die Saftflasche und die Kekse hervor. "Soll ich dir die Flasche aufmachen?", fragte Oma, doch Sebastian schüttelte den Kopf. "Ich bin doch schon groß", antwortete er mit vorwurfsvollem Ton und versuchte sich am Verschluss. Vergebens. Auch der zweite Anlauf misslang. "Oma, kannst du das machen?" Hedwig lächelte und drehte kurz am Verschluss, der sich sofort öffnete. Sie goss etwas Saft in die beiden Pappbecher, die sie noch aus dem Beutel genommen hatte, und gemeinsam tranken sie.

"Wann kommen Mama und Papa wieder nach Hause?"

"Der Papa bestimmt noch heute und die Mama in ein paar Tagen. Vielleicht fahren wir sie morgen oder übermorgen im Krankenhaus besuchen."

"Ist dann mein Schwesterchen schon da?"

"Bestimmt."

Sebastian schien zu überlegen. "Jetzt ist sie noch ein Baby und pullert und kackert ein, aber ich bin ihr großer Bruder, und sie muss auch auf mich hören. Stimmt's, Oma?"

Hedwig schmunzelte. "Als ihr großer Bruder musst du sie beschützen."

"Das mach ich. Ich bin stark. Guck mal, was ich schon für Muskeln habe." Sebastian hob die Arme und machte zwei Fäuste. "Ich bin der Stärkste", ergänzte er noch mit angestrengter Stimme und nahm sich dann einen Keks.

"Na dann, starker Mann, geh noch ein bisschen spielen", sagte Hedwig und schickte ihren Urenkel wieder in die Buddelkiste.

Glücklich sah sie ihm nach und dachte an den Brief, den sie vorhin an die Rottkowskys abgeschickt hatte. 'Meine Lebenstage sind gezählt. Hoffentlich wird das was', dachte sie. Obwohl sie sich körperlich und geistig fit fühlte, sie war sich mit ihren 78 Jahren einer Tatsache bewusst: jeder Tag könnte der letzte sein. Dabei gab es doch noch so viel zu erledigen. Die Zeiten waren derart spannend, dass selbst sie manchmal überrascht darüber war, was es noch alles zu erleben, zu lernen und zu erfahren gab. Gerade Sebastian hatte ihr Leben richtig durcheinandergewirbelt. Sie hätte es nie für möglich gehalten, in ihrem Alter noch einmal so aktiv werden zu müssen. An Rasten und Rosten war nicht zu denken und fürs Sterben einfach keine Zeit.

Hedwig hing ihren Gedanken nach, und war gespannt, ob das neue Telefon in den nächsten Tagen bei ihr klingeln würde. Wie lange hatte sie auf diesen Luxus gewartet? Eine halbe Ewigkeit. Und jetzt war alles so schnell gegangen. Dabei mussten nicht einmal die Bürgersteige aufgerissen werden, um neue Leitungen zu verlegen. So hatte sie es sich immer vorgestellt, dabei war scheinbar alles da, und lediglich die Leitungen in den Häusern mussten neu verlegt werden. Dass die Mitarbeiter der Post die angestauten Nachfragen der letzten 40 Jahre kaum abarbeiten konnten, war für Hedwig nachvollziehbar. Umso erstaunter war sie, als bereits ein Jahr nach der Stunde null die Monteure vor ihrer Tür gestanden hatten und die versäumte Lebensqualität im Prenzlauer Berg nachgeholt wurde. Hedwig war sehr neugierig, wie lange der Rest dauern würde. Sie wohnte seit 1948 im Kiez und hatte mit ihrem Mann die Wohnung zugesprochen bekommen, weil sie als Trümmerfrau und Mutter beim Wiederaufbau geholfen hatte. Ihr Mann half auch, als er Ende 47 aus der sowjetischen Kriegsgefangenschaft entlassen wurde. Die Zeiten waren hart gewesen, aber am wichtigsten war damals, dass sie überlebt hatten. Unmittelbar nach Beendigung des Krieges war es besonders schlimm. Gerade für Hedwig. Damals stand sie mit drei Kindern auf der Straße, wusste nicht, wohin und zog täglich zur Essensausgabe, um etwas Brot und wässrige Suppe zu ergattern, die die sowjetischen Soldaten an die Bevölkerung verteilten.

Kleine Gefälligkeiten im Schutze der Dunkelheit halfen, die Rationen etwas aufzubessern, aber davon hatte sie nie jemandem erzählt. Auch ihrem Mann nicht, als er endlich wiederkam. Später erst recht nicht, obwohl er es am ehesten verstanden hätte. Schließlich waren es auch seine Kinder, die durchgebracht werden mussten. Hedwig sah diese scheußlichen Bilder noch heute vor sich. Manchmal war es fast, als ob es erst gestern geschehen wäre, so deutlich hatte sie alles vor Augen, und ein kalter Schauer des Ekels lief ihr den Rücken herab. Wobei sich damals einer der Rotarmisten in sie verliebt hatte. Seine Bezahlung war besser – gelegentlich gab er ihr auch ein paar Süßigkeiten für die Kinder mit oder steckte ihr noch etwas mehr Brot zu – und seine Berührungen zärtlich. Aber Boris war die Ausnahme, und 1946 ging er zurück nach Hause. Zurück an den Ural. Zurück zu seiner Frau und den Kindern, die schon seit Jahren auf ihn warteten. Er hatte ihr sogar einige Fotos gezeigt, die er immer bei sich trug. Hedwig hatte nie wieder etwas von ihm gehört, und das war gut so. "Zweckgemeinschaften trauert man nicht nach. Er brauchte mich genauso, wie ich ihn", murmelte sie leise, und Sebastians Ruf: "Guck mal Oma, was ich gebaut habe", holte sie ins Jetzt zurück.

"Das hast du toll gemacht, mein süßer Dreckspatz", lobte sie ihn, und etwas später spazierten sie gemeinsam nach Hause. Der Junge musste in die Wanne. Hedwig war gespannt, ob Christian schon da wäre, und es Neuigkeiten von Ulrike gäbe.

Gegen fünf Uhr am Morgen war er mit ihr ins Krankenhaus gefahren, und seitdem hatte sie nichts mehr von den beiden gehört.

Hedwig war gerade dabei, das Abendbrot zuzubereiten, als die Wohnungstür aufging. Sebastian, der bei ihr am Küchentisch saß, sprang auf und rannte zur Tür. "Papa, da bist du ja endlich." Christian hob seinen Sohn hoch und gab ihm einen Kuss. Mit ihm auf dem Arm kam er in die Küche, küsste seine Oma auf die Wange und setzte sich.

"Du siehst erschöpft aus. War es anstrengend für sie?", fragte Hedwig und stellte die Schüssel mit dem Gemüse, das sie gerade geschnitten hatte, beiseite. "Trink erst mal einen Kaffee", schlug sie vor und erhob sich vom Stuhl.

"Alles ist bestens. Ulrike und Jennifer geht es gut. Basti, jetzt hast du ein Schwesterchen." Er gab seinem Sohn noch einen Kuss. Erschöpft, aber glücklich, ließ er ihn von seinem Schoß herunter und ging zum Kühlschrank.

"Ist Mamas dicker Bauch weg?", fragte Sebastian.

"Na klar. Da ist Jenni jetzt nicht mehr drin", antwortete sein Vater und nahm sich ein kaltes Bier. "Das brauche ich jetzt noch vor dem Kaffee."

"Wir lassen sie nachher noch pinkeln. Ich habe eine Flasche Sekt in den Kühlschrank gestellt", warf Hedwig ein, während sie die Kaffeemaschine füllte.

"Wer pinkelt?", fragte Sebastian neugierig. Er verstand gerade nicht, wovon die Erwachsenen sprachen.

"Oma und ich, wir stoßen nachher noch auf Jennifers Geburt an. Da sagt man, wir lassen sie pinkeln."

"Papa, wieso sagst du immer Oma zu Oma?"

"Weil sie meine Oma ist. Die Mama meines Papas."

"Aber sie ist doch auch meine Oma."

"Ich bin deine Uroma, mein Schatz. Ich bin die Mama deines Opas, und der ist der Papa deines Papas."

Sebastian sah ungläubig zu ihr. "Ja, Oma", sagte er, verstand aber immer noch nicht, was das mit einer Uhr zu tun hatte. Fast alle Leute hatten eine Uhr, und trotzdem sagte niemand Uhrpapa oder Uhrmama oder ähnliche komische Wörter.

Hedwig erkannte Sebastians zweifelnden Blick. "Erinnerst du dich noch an den Papa deines Papas? Er war letztes Weihnachten hier. Das ist dein Opa und ich bin seine Mama."

"Aha." Sebastian war noch zu klein und konnte sich deshalb nicht an das letzte Weihnachtsfest erinnern.

Mittlerweile war der Kaffee fertig und Christians Bier alle. Hedwig stellte ihm eine Tasse auf den Tisch und setzte sich zu ihm.

"Danke, Oma. Den brauche ich jetzt. Ich bin hundemüde. Aber ein Glas Sekt trinken wir nach dem Abendessen noch.

"Geht es Ulrike gut?", hakte Hedwig nach, denn die Frage vor wenigen Minuten war noch nicht abschließend beantwortet.

"Mach dir keine Sorgen. Die Geburt verlief ohne Komplikationen. Nur ein kleiner Dammschnitt. Ich bin geblieben, bis sie eingeschlafen ist."

"Fahren wir Mama morgen besuchen?", erkundigte sich Sebastian hektisch.

"Na klar. Dann lernst du deine Schwester kennen."

Vater und Sohn unterhielten sich weiter und Christian versuchte, die Fragen des Jungen so gut es ging zu beantworten. "Warum weinen Babys immer?" "Warum kackern sie so viel ein?" "Wo schläft Jennifer später?" "Wie groß ist sie?" "War ich auch mal so klein?" Sebastian hatte viele Fragen und Christian musste reichlich erklären. Hedwig schmunzelte immer wieder, während sie das Abendessen weiter zubereitete. Mehr als diese kleine intakte Familie konnte man sich kaum wünschen, und sie war glücklich, ein Teil dieser Familie zu sein.

Während Christian seinen Sohn zu Bett brachte, holte Hedwig zwei Gläser aus der Vitrine im Wohnzimmer und die eiskalte Flasche Sekt aus dem Kühlschrank. Sie überlegte, ob sie ihrem Enkel heute schon von dem Brief erzählen sollte, entschied sich dann aber doch dagegen. 'Was soll ich die Welt verrückt machen, wenn sie vielleicht gar nicht antworten', überlegte sie und hoffte darauf, ungestört reden zu können, falls der Anruf doch kommen sollte. Groß waren die Chancen nicht, und selbst, wenn er käme, war der Ausgang ihrer Bemühungen ungewiss. Aber sie wollte es wenigstens versucht haben.

Als Christian aus dem Kinderzimmer kam, öffnete er die Sektflasche und goss ihre Gläser voll. "Auf Jennifer." "Auf Jenni." Die beiden stießen an, und nachdem Christian einen Schluck getrunken hatte, meinte er: "Ich rufe schnell noch Papa an, bevor ich einschlafe. Ich bin total platt für heute."

"Mach das, und wenn du fertig bist, dann gib ihn mir bitte auch." Hedwig war nicht müde, und als sie einige Minuten später das Telefon übernahm, Christian wünschte ihr dabei schon eine gute Nacht und ging anschließend zu Bett, sprach sie lange mit ihrem ältesten Sohn.

Harald war 1959, mit 21 Jahren, nach Bochum gegangen und nach der Ausbildung und dem anschließenden Studium nicht mehr nach Berlin zurückgekehrt. Erst Mitte der 1970er Jahre sah sie ihn als Rentnerin regelmäßig wieder. Sie durfte endlich in den Westen fahren und hatte das von da an mit ihrem Mann jedes Jahr getan. Doch 1981, zur Beerdigung ihres Mannes, kam Harald das erste Mal zurück in die DDR. Hedwig konnte sich noch gut an seine Angst erinnern, verhaftet zu werden und 22 Jahre nach dem Verlassen des Arbeiter- und Bauernstaates für etwas zur Verantwortung gezogen zu werden, was er als junger Erwachsener entschieden hatte. Seine Angst war unbegründet, aber ein ungutes Gefühl blieb immer. Doch das war heute nicht ihr Thema, und sie gratulierte ihrem Sohn, zum zweiten Mal Opa geworden zu sein.

"Danke. Ich frage mich immer, wo die Zeit hin ist? Die ersten 18 Jahre waren scheinbar genauso lang wie der gesamte Rest."

"Dann kannst du dir vielleicht vorstellen, wie es mir geht. Die Zeit rinnt wie feiner Sand zwischen den Fingern hindurch, und irgendwann freust du dich nur noch über jeden neuen Morgen", antwortete Hedwig.

Mutter und Sohn unterhielten sich noch lange. Dabei schwärmte sie in den höchsten Tönen von Sebastian und wie schön es war, durch ihn, aber natürlich auch durch Ulrike und Christian, das Gefühl zu haben, gebraucht zu werden. Vom Brief, den sie heute abgeschickt hatte, erzählte sie nichts. Es lag ihr zwar mehrfach auf der Zunge, aber im letzten Moment unterdrückte sie ihr Mitteilungsbedürfnis immer wieder. 'Er ist Christians Vater und kann schon allein deshalb nicht neutral mit der Sache umgehen', dachte sie und beließ es dabei.

Als sie zu Bett ging, fand Hedwig lange keinen Schlaf. Sie war glücklich, daran gab es auch für sie nichts zu deuteln. Sie freute sich darauf, morgen ihre Urenkelin das erste Mal zu sehen, und sie freute sich auf Ulrike. 'Das Mädel ist mir so ans Herz gewachsen', stellte sie einmal mehr fest und war sich plötzlich nicht mehr sicher, heute das Richtige getan zu haben. Hedwig fragte sich, ob sie einen Verrat begangen hatte. Andererseits hatte sie sich auch nichts vorzuwerfen. Über die Ereignisse vor drei Jahren hatte sie oft nachgedacht, und die vielen offenen Fragen, die sich dabei immer wieder neu stellten, waren wie riesige weiße Flecken auf einer Landkarte. Unbekanntes Terrain, über das man nur Vermutungen anstellen konnte. Hedwig wollte endlich Klarheit. Nicht nur für sich, sondern vor allem für Christian und Ulrike und damit auch für ihre Urenkel, die es zwar nicht verstehen, aber irgendwann danach fragen würden. "Warum haben andere Kinder zwei Omas und Opas und wir nur einen?", hörte sie Sebastian in ihrem Kopf fragen und sah in ihrer Phantasie Ulrike, betreten schweigend, neben ihrem Sohn sitzen. Christian sah in dieser Phantasie nach unten, mied den Blick zu beiden und versuchte sich an einer Verlegenheitsantwort. "Die andere Oma und der Opa sind schon gestorben", zum Beispiel. Damit musste Schluss sein. Die weißen Flecken mussten gefüllt werden und die Wahrheit, wie unangenehm sie auch sein mochte, ans Licht. Jetzt war sich Hedwig noch sicherer, das Richtige getan zu haben, und ob der Wahrheit zum Sieg verholfen werden konnte, blieb zwar ungewiss, doch das lag nicht in ihrer Hand. 'Welche Wahrheit eigentlich?', schoss ihr noch durch den Kopf. Ihr Alter und ihre Lebenserfahrung sagten ihr, es gab nicht nur eine. Doch diese Frage blieb offen, denn endlich übermannte sie der Schlaf.

Die folgenden Tage waren hektisch für die alte Frau, aber diese Hektik vitalisierte sie regelrecht. Sie war mit ihrem Enkel und Urenkel im Krankenhaus, überzeugte sich davon, dass es Ulrike und dem Töchterchen gut ging, bereitete zu Hause alles für die Ankunft der neuen quäkenden Mitbewohnerin, so sah es Sebastian jedenfalls, vor und genoss das Ganze. Das Leben hielt sie auf Trab. Wieder einmal. Nach drei Tagen holte Christian seine beiden Frauen – das sagte er ab und an zu seinem Sohn, der nur erstaunt erwiderte: "Jenni ist doch noch ein Baby. Nur Mama ist eine Frau. Oma auch" – aus dem Krankenhaus ab, und nun war die etwas größere Familie wieder komplett.

Erst am Wochenende dachte Hedwig zum ersten Mal an den Brief, den sie vor mittlerweile fünf Tagen abgeschickt hatte. 'Das hab ich in dem Trubel ganz vergessen', stellte sie fest, als sie die Empfangsbestätigung aus dem Briefkasten nahm. Ihr Brief war also vor drei Tagen zugestellt worden, und die Unterschrift von Gisela Rottkowsky bestätigte dies. Hedwig war froh, immer die Zeitung und die andere Post aus dem Kasten zu nehmen. Hätten Ulrike oder Christian die Empfangsbestätigung gesehen, gäbe es bestimmt eine langwierige Diskussion, dessen war sie sich sicher. Sicher war sie sich auch, gute Argumente für ihr Handeln zu haben. Unsicher war lediglich, ob sich die bisherigen Mühen gelohnt hatten. Der erhoffte Anruf war ausgeblieben, und über den Grund konnte sie nur spekulieren. Das machte die weißen Flecken auf der Landkarte des Lebens eher größer als kleiner. "Das, was ich tun konnte, habe ich getan", flüsterte Hedwig leise, faltete den Beleg in der Mitte zusammen und steckte ihn in die Tasche ihrer Kittelschürze, die sie zu Hause immer anhatte. Mit der Zeitung in der Hand ging sie wieder zurück in ihre Wohnung in der ersten Etage des Vorderhauses und ließ wenig später den Beleg im mittleren Schubfach ihres Nachttisches verschwinden. Sebastian kramte schließlich immer in ihrer Tasche, wenn er bei ihr auf dem Schoß saß.

Es war an einem Mittwochmittag anderthalb Wochen später, als das Telefon klingelte. Christian war auf der Arbeit und alle anderen machten Mittagschlaf. Ulrike nutzte jede Möglichkeit zum Schlafen, denn Jenni hielt sie mit ihrem Appetit auf Trab. "Wer ruft denn jetzt an?", murmelte Hedwig und eilte, so schnell es ihr möglich war, von der Küche ins Wohnzimmer. Sie wollte nicht, dass die drei durch das Geläute wach wurden. Sie setzte sich auf den Sessel, der neben dem Telefontischchen stand und nahm den Hörer ab.

"Weber. Guten Tag."

Kurz herrschte Stille und dann sagte eine Frauenstimme: "Hier ist Rottkowsky. Spreche ich mit der Frau Weber, die uns den Brief geschickt hat?"

"Ja." Mehr konnte Hedwig im Augenblick nicht sagen. Doch noch bevor das Knistern im Hörer in ihrer Wahrnehmung immer lauter wurde, fing sie sich wieder. "Ich hatte gar nicht mehr damit gerechnet, etwas von Ihnen zu hören", sagte sie leise.

"Wie geht es Ulrike?"

"Es geht ihr gut. Sie schläft gerade."

Plötzlich begann die Frau am anderen Ende zu weinen. Nach einigen Sekunden fing sie sich wieder. "Entschuldigung."

"Sie müssen sich für Ihre Gefühle nicht entschuldigen."

"Es tut mir alles so leid, was passiert ist. Aber als wir erfahren haben, dass unsere eigene Tochter uns ausspioniert hat, also Thomas, meinen Mann, wussten wir nicht mehr, was wir tun sollten. Das eigene Kind. Mein Mann hatte dadurch so viel Ärger. Das können Sie sich gar nicht vorstellen."

"Oh doch, das kann ich. Aber Ulrike hat Sie nie ausspioniert. Das hat man allerdings meinem Enkel Christian vorgeworfen, als er 88 verhaftet wurde."

"Ist das der Mann auf dem Foto von Ulrikes Hochzeit?"

"Ja, das ist er. Die Stasi hat es nicht geschafft, die beiden auseinander zu bringen. Die Erklärung Ihres Mannes hätte Ulrike aber fast das Herz gebrochen."

"Was für eine Erklärung meines Mannes?"

"Das er nichts mehr mit ihr zu tun haben will, und sie sich nie wieder bei ihm melden soll."

"Mein Mann hat nie so eine Erklärung abgegeben."

"Sind Sie sich da sicher?"

"Ganz sicher. Er leidet heute noch, weil Ulrike ihn verraten hat. Er hat sogar seine Stellung als Betriebsdirektor dadurch verloren. Er war aus Sicherheitsgründen nicht mehr tragbar."

"Warum rufen Sie eigentlich erst heute an?", fiel Hedwig plötzlich ein.

"Ich hatte Angst anzurufen. Mein Mann weiß es auch nicht. Er hätte es bestimmt nicht gewollt. Die ganze Sache sitzt immer noch tief."

"Das ist bei Ulrike ähnlich, aber bereits unser erstes Gespräch zeigt schon, dass hier irgendetwas anders ist, als es zu sein scheint."

"Könnte sein", sagte Ulrikes Mutter kleinlaut, aber das war der Erkenntnis geschuldet, die Hedwig gerade auf den Punkt gebracht hatte. "Reden Sie mit Ihrem Mann, und melden Sie sich wieder, damit wir entscheiden können, wie es weitergeht. Einfach wird es nicht, das scheint das Einzige zu sein, was sicher ist. Bis wann schaffen Sie das?"

"Ich muss einen guten Moment abpassen. Als ich ihm das Hochzeitsfoto gezeigt habe, wollte er es nicht sehen. Ihren Brief und die anderen Bilder kennt er noch nicht. Ich hatte Angst, dass er sie mir aus der Hand reißt und verbrennt."

"Jetzt weiß ich endlich, wo Ulrike ihren Dickschädel herhat."

"Sebastian scheint ein süßer Junge zu sein", lenkte Ulrikes Mutter das Gespräch plötzlich in eine völlig andere Richtung.

"Das ist er. Der Kleine ist die Freude meines Lebens. Jeden Tag aufs Neue. Sie sollten ihn mal sehen, wenn er ..." Das erneute Weinen am anderen Ende unterbrach Hedwigs Schwärmerei. Sie wartete geduldig einen Augenblick. "Sagen Sie Ihrem Mann, dass er irgendwann nach seinem Opa fragen wird", ergänzte sie dann.

"Ich versuche es."

"Der Kleine kann nichts dafür, was seinen Eltern und Großeltern passiert ist. Ihre Enkelin auch nicht. Sie ist jetzt zwei Wochen alt und ein wunderschönes Baby."

"Wie heißt sie?"

"Jennifer. Am Tag, als ich den Brief abgeschickt habe, ist sie zur Welt gekommen. Wir müssen langsam Schluss machen. Ulrike wird jeden Moment wach werden und könnte dann einiges falsch verstehen. Am besten, Sie geben mir Ihre Nummer, und ich rufe nächste Woche bei Ihnen an. Bis dahin sprechen Sie mit Ihrem Mann."

Ulrikes Mutter gab Hedwig ihre Rufnummer, und nachdem sie sie notiert hatte, steckte sie den Zettel wieder in ihre Kittelschürze. Dann verabschiedeten sich die beiden, und Frau Rottkowsky gab noch den Hinweis, wann die beste Zeit zum Telefonieren wäre.

Hedwig stand auf und ging sofort in ihr Zimmer. Sie steckte den Zettel mit der Telefonnummer in den Schubkasten, der schon die Empfangsbestätigung verbarg. Nachdenklich, aber auch zufrieden, schlich sie, so leise es der knarrende Fußboden zuließ, in die Küche und kochte sich einen Kaffee. Während die Maschine brodelnde Geräusche von sich gab, dachte Hedwig nach. Irgendetwas schien anders zu sein, als Ulrike es damals erzählt hatte. Aber hatte sie gelogen? Sie verneinte diese Frage und war sich relativ sicher, dass hier einiges nicht stimmen konnte. Das, was sowohl Ulrike und auch Christian, als sie ihn in West-Berlin besuchte, erzählten, passte zusammen. Doch die Aussage von Frau Rottkowsky ließ Zweifel aufkommen. Die Frage war nur: Zweifel an wem? "Und wenn beide Seiten getäuscht wurden?", fragte sich Hedwig leise, goss Kaffee in ihre Tasse und tat drei Stückchen Würfelzucker hinein. Immerhin hatten die Stasimitarbeiter 1988 Ulrike gegenüber geäußert, Christian wäre nur auf sie angesetzt worden, um an Entwicklungsergebnisse aus dem Werk ihres Vaters heranzukommen. Hedwig erinnerte sich noch genau, wie Ulrike damals wütend vor ihrer Tür gestanden und das weinend erzählt hatte. Es war nicht einfach gewesen, ihr klarzumachen, dass nichts an der Geschichte dran war. Vielleicht hatten die Stasileute es bei ihrem Vater ähnlich gemacht. "Auszuschließen ist das nicht", sinnierte sie leise und wurde in ihren weiteren Gedanken unterbrochen. Ihr Sonnenschein, Sebastian, kam in die Küche und wollte etwas trinken.

Am Wochenende ergab sich eine gute Gelegenheit für Hedwig, um das Thema anzusprechen. Die Sonne schien, und ein warmer Altweibersommertag lud förmlich auf den Spielplatz ein. Sebastian wollte klettern und toben. Zu fünft machten sie sich auf den Weg. Christian schob den Kinderwagen, und Sebastian lief zwischen Ulrike und Hedwig. Auch wenn er immer betonte, er sei kein Baby mehr, angefasst werden wollte er doch. Der Spielplatz war gut besucht, aber vorsorglich hatten sie auch eine Decke dabei, um sich auf die Wiese zu setzen.

Während sich der Junge im Buddelkasten wieder dem Aushub eines Lochs widmete, stillte Ulrike das Baby. Christian sah ihr fasziniert dabei zu, und Hedwig behielt den Jungen im Auge. Wie nebenbei meinte sie: "Christian, erinnerst du dich noch, als Basti vor einiger Zeit fragte, wieso du auch Oma zu mir sagst?"

"Ja klar. Wieso?"

"Er kommt bald in den Kindergarten. Spätestens da wird er begreifen, was eine Uroma ist."

"Ja und?"

"Dort wird er auch sehen, dass andere Kinder zwei Omas und zwei Opas haben. Er nicht. Er wird fragen, warum? Was wollt ihr ihm dann sagen?"

"Das sie weit weg wohnen."

"Anfangs könnte das reichen. Einverstanden. Aber

irgendwann wird er nach Fotos fragen, und eines Tages weiß er auch, wo Rathenow liegt. Zwei Autostunden entfernt. Was sagt ihr ihm dann? Zumal dein Vater viel weiter weg wohnt."

"Ist das jetzt wichtig?"

"Jetzt vielleicht nicht, aber irgendwann schon. Ihr könntet Jennis Geburt als willkommenen Anlass nutzen, um mal eurerseits die Fühler auszustrecken."

"Bei allem, was mein Vater mir angetan hat", erwiderte Ulrike scharf und mischte sich zum ersten Mal in das Gespräch ein.

"Und wenn er dasselbe von dir denkt?", gab Hedwig zu bedenken. "Anfangs dachtest du auch, Christian wäre als Spion auf dich angesetzt worden. Ich kann mich noch lebhaft an die nächtelangen Diskussionen in meiner Küche erinnern."

"Ich hab das nicht vergessen", antwortete Ulrike deutlich leiser.

"Wenn du der Stasi geglaubt hättest, wärst du heute nicht mit Christian verheiratet. Jenni gäbe es auch nicht." Hedwig sah beide eindringlich an. "Irgendjemand muss den Anfang machen."

"Ich weiß nicht", druckste Christian herum. "Egal wie, der Auslöser war er."

"Die Sache hat euch stark gemacht. Das dachte ich zumindest. Wollt ihr gar nicht wissen, was wirklich passiert ist? Gerade ihr, als Betroffene, als Opfer, müsstet das doch wissen wollen."

"Vielleicht hast du Recht, Oma." Christian sah seine Frau an. "Lass uns in den nächsten Tagen in Ruhe darüber reden", schlug er ihr vor.

"Ich weiß nicht, was es da zu bereden geben soll. Mein

Vater hat mich erst rausgeschmissen und uns dann die Stasi auf den Hals gehetzt."

"Sei nicht so ein Dickschädel!", fiel ihr die Alte heftig ins Wort. "Wenn das Gespräch nichts bringt, kannst du immer noch so weitermachen wie bisher. Aber wenn du es nicht führst, wirst du dir später Vorwürfe machen, und irgendwann wirst du es nicht mehr führen können. Dann sind deine Eltern tot. Glaub mir, ich weiß wovon ich rede." Hedwig war fertig und sah Ulrike an.

"Ich denke darüber nach."

Jenni hatte aufgehört zu trinken. Christian übernahm sie und klopfte leicht auf ihren Rücken. Das erlösende Bäuerchen ließ nicht lange auf sich warten. Alle Erwachsenen strahlten, und für heute war das Thema damit erledigt. Zumindest zwischen dem Paar und ihrer Oma. Doch Hedwig war sich sicher, einen guten Anfang gemacht zu haben. 'Die beiden werden sich unter vier Augen darüber unterhalten', dachte sie, und dabei wollte sie es vorerst belassen.

Das tat sie auch und sprach das junge Paar in den nächsten Tagen nicht mehr darauf an. Das Leben lief wieder in den geregelten Bahnen, in denen es meist lief. Christian ging zur Arbeit, Ulrike kümmerte sich um das Baby und Sebastian, und Hedwig kümmerte sich unbemerkt um alle.

Am Donnerstag fragte Ulrike, ob sie mit zum Spielplatz käme, aber Hedwig lehnte ab. Gründe dafür gab es in ihrem Alter genug, und so ging Ulrike mit den Kindern allein los. Die Alte wartete noch einige Minuten, und als feststand, Ulrike hatte nichts vergessen, holte sie die Telefonnummer von Frau Rottkowsky aus ihrem Nachttisch und rief sie an. Hedwig kam sofort auf den Punkt. "Haben Sie mit Ihrem Mann gesprochen?", erkundigte sie sich als erstes.

"Das hab ich. Es war nicht einfach, ihn zum Zuhören zu

bewegen. Ich habe ihm dann gesagt, dass wir telefoniert haben. Er ist fast ausgerastet. Jetzt fällst du mir auch noch in den Rücken, hat er gesagt. Erst als ich ihm von der Erklärung, die er abgegeben haben soll, erzählt habe, lenkte er ein und meinte, er hätte nie so etwas gesagt oder geschrieben und gerade ich müsste das wissen. Aber dann scheint es Klick bei ihm gemacht zu haben. Wenn das stimmt, dann hat jemand seine Finger im Spiel gehabt, und ich kann mir denken, wer das gewesen ist, hat er gesagt."

"Dann sind Sie weiter als ich. Ulrike ist gar nicht gut auf das Thema zu sprechen."

"Und was machen wir jetzt?", fragte Frau Rottkowsky hilflos.

"Das, was man in solchen Fällen immer machen sollte. Augen zu und durch."

"Was schlagen Sie vor?"

"Überzeugen Sie Ihren Mann davon herzukommen. Um den Rest kümmere ich mich. Kriegen Sie das hin?"

Plötzlich schien Frau Rottkowsky mit jemand anderem zu sprechen. Hedwig hörte nur, wie sie sagte: "Wollen wir das so machen?"

"Meinetwegen, wenn es was bringt", antwortete eine unbekannte Stimme kurz und brummig.

"Wir kommen", sagte Frau Rottkowsky wieder ins Telefon. Hedwig war ehrlich erstaunt, wie weit ihre Gesprächspartnerin das Thema bereits vorangetrieben hatte. Ulrike hatte ihre Mutter immer ganz anders beschrieben. Aber die Zeiten hatten sich geändert. Erst jetzt fiel Hedwig der leise Widerhall beim Sprechen auf. Frau Rottkowsky hatte also die ganze Zeit über das Telefon auf Laut gestellt und ihr Mann alles mitgehört. 'Warum nicht? Der Zweck heiligt die Mittel', schoss ihr durch den Kopf. "Meine Anschrift haben

Sie, und das ist auch die Adresse Ihrer Tochter und meines Enkels. Kommen Sie Samstag um 15 Uhr her. Da sind die beiden immer einkaufen, und wir könnten schon mal das Wichtigste vorab klären", schlug sie vor.

"Heißt das, Ulrike weiß nicht, dass wir kommen?"

"Höchstwahrscheinlich nicht, aber lassen Sie das meine Sorge sein."

"Hoffentlich geht das gut", warf Frau Rottkowsky zaghaft ein.

"Haben Sie etwas zu verlieren? Ich glaube nicht. Aber Ihre Tochter können Sie zurückgewinnen und zwei ganz süße Enkel noch dazu."

"Wir kommen", hörte Hedwig Ulrikes Vater aus dem Hintergrund rufen, und damit war es beschlossene Sache.

Zufrieden legte sie wenig später auf und überlegte, was sie bis zum Samstag noch vorbereiten konnte. Viel war es nicht, das schien sicher.

Am Abend, Ulrike brachte Jenni gerade ins Bettchen, fragte sie Christian wie nebenbei: "Und, habt ihr über Ulrikes Eltern gesprochen?"

Christian schüttelte den Kopf. "Ich hab es kurz versucht, aber sie blockt völlig ab bei dem Thema."

"Wie stehst du dazu?"

"Wenn es wirklich neue Aspekte gibt, würde mich schon interessieren, was damals wirklich passiert ist."

"Das müsste ihr doch genauso gehen."

"Vielleicht braucht sie mehr Zeit."

"Zeit ist das, was ich nicht habe."

"Ach, Oma. Du bist fit wie ein Turnschuh."

"Na und, aber auch neugierig."

Christian musste schmunzeln. "Allerdings."

Hedwig überlegte kurz, ob sie ihrem Enkel sagen sollte,

wer am Samstag zu Besuch käme, entschied sich jedoch dagegen. Was, wenn er es Ulrike erzählen und sie die Flucht ergreifen würde? Was, wenn er es ihr nicht sagen und sich später herausstellen würde, dass er es gewusst hatte? 'Dann wäre sie zu Recht sauer auf ihn. So können sie beide sauer auf mich sein', überlegte Hedwig, und damit war klar, was es vorzubereiten gibt. Nichts! Außer vielleicht Kaffee und Kuchen. 'Wenigstens Sebastian wird sich darüber freuen', schloss sie den Gedanken ab und freute sich auf die nächste Ausgabe des Glücksrades, die jeden Augenblick beginnen musste.

Am Samstagvormittag stand Hedwig in der Küche, und Sebastian wirbelte um sie herum.

"Machst du Obsttorte?", fragte Ulrike.

"Du weißt doch, wie gern Basti die mag."

"Du verwöhnst ihn zu sehr, Oma."

"Dafür sind Omas doch da. Außerdem magst du sie doch auch."

"Stimmt", sagte Ulrike lächelnd und stibitzte eine von den Ananasscheiben, die zum Abtropfen in einem Sieb lagen.

"Nimmst du wohl die Finger weg", erwiderte Hedwig schmunzelnd und begann, die Tortenböden mit Pudding zu bestreichen.

"Oma, kann ich helfen?", fragte Sebastian begeistert.

"Na klar. Du musst den Puddingtopf saubermachen. Hast du schon einen Löffel?"

Während Sebastian sich kurze Zeit später über den restlichen Pudding hermachte, bereitete Ulrike zwei Fläschchen für Jenni vor. Hedwig würde die Kleine füttern, während sie mit Christian die Einkäufe besorgte. Diese allwöchentliche Einkaufstour dauerte stets sehr lange. Die preiswerten Discounter hatten den Ostteil der Stadt noch nicht erobert, und die im Westteil waren stark überlaufen. Schon das Warten auf einen Einkaufskorb gestaltete sich manchmal zur Tortur. Aus diesem Grund hatten sie entschieden, den Großeinkauf jeden Samstag allein zu machen, während Hedwig die Kinder hütete. So war es auch heute, und als die alte Frau mit Sebastian die Torten mit den verschiedensten Früchten belegte, verabschiedeten sich Ulrike und Christian.

"Bis nachher, Oma. Sebastian, sei schön lieb zur Oma."

"Das ist er doch immer." Dabei zwinkerte sie ihrem Urenkel zu.

Die Wohnungstür schloss sich und Hedwig sah auf die Uhr. Zwei Stunden blieben noch. Rasch bereitete sie den Tortenguss zu und stellte die beiden Prachtexemplare von Obsttorten anschließend zum Abkühlen in den Kühlschrank. Jenni schlief wieder. Ulrike hatte sie kurz vor dem Losgehen noch einmal gefüttert und auch die Windeln gewechselt.

Jetzt hieß es warten. Die Minuten zerronnen träge und Hedwig spürte eine gewisse Unsicherheit in sich. Sie stellte sich die Frage, ob sie das Richtige tat. Als Sebastian mit einem Würfelspiel zu ihr kam und fragte: "Oma, spielst du mit?", wusste sie die Antwort. "Auf jeden Fall." Der Satz wischte auch die Zweifel vom Tisch, die sie kurz überkommen hatten.

Das Spiel war noch nicht beendet – Hedwig bemühte sich redlich, Sebastians Figuren nicht zu oft rauszuwerfen –, als es an der Tür klingelte. Der Junge wollte losstürmen, doch sie hielt ihn zurück. "Ich mach die Tür auf. Das hab ich dir schon so oft gesagt." Sebastian nickte betröppelt und Hedwig ergänzte: "Du kannst ja mitkommen." Sein Blick hellte sich wieder auf und begeistert zog er sie in Richtung der Wohnungstür. Sie sah kurz durch den Spion und atmete einmal tief durch. "Na dann."

Vor der Tür stand ein älteres Ehepaar, die Rottkowskys. Er hielt einen Strauß Blumen in der einen und eine große Tüte in der anderen Hand. Beide waren erstaunlich leger gekleidet. Nach Ulrikes Schilderungen hatte sie einen dicken Anzugträger und eine unscheinbare Frau erwartet. Doch dem war nicht so. Ulrikes Mutter war adrett und strahlte eine Attraktivität aus, die Hedwig sofort erkannte. 'So könnte Ulrike in 30 Jahren auch aussehen', ging ihr intuitiv durch den Kopf. Der Mann war groß, nicht schlank, aber bei Weitem nicht so beleibt, wie Hedwig ihn sich immer vorgestellt hatte. Im Gegensatz zu seiner Frau hatte er die Haare nicht gefärbt und trug sein Grau mit Anstand und Würde.

"Kommen Sie rein", sagte Hedwig und trat etwas beiseite.

"Guten Tag, Frau Weber. Ich bin Frau Rottkowsky. Ulrikes Mutter."

"Dann können Sie nur noch Herr Rottkowsky sein."

"Genau der bin ich. Die Blumen sind für Sie."

"Wer seid ihr?", platzte es aus Sebastian neugierig heraus.

Hedwig spürte die kurze Verlegenheitspause. "Das sind deine Oma und dein Opa."

"Die Weihnachten da waren?", fragte der kleine Junge unsicher. Er konnte sich beim besten Willen nicht mehr daran erinnern.

"Nein. Sie sind heute zum ersten Mal hier."

Frau Rottkowsky bückte sich. "Ich bin deine Oma Gisela und das ist dein Opa Thomas."

"Ach so", strahlte Sebastian. "Habt ihr mir was mitgebracht?"

"Nun lass doch Oma und Opa erst mal rein. Ab ins Wohnzimmer mit dir", unterbrach Hedwig schmunzelnd und schloss endlich wieder die Wohnungstür. Der Junge stürmte ins Wohnzimmer und die anderen folgten ihm.

"Nehmen Sie Platz. Machen Sie sich am besten erst einmal mit Sebastian bekannt. In der Zwischenzeit koche ich uns Kaffee." Ohne eine Antwort abzuwarten, verließ Hedwig das Zimmer und ging in die Küche. Sie ließ sich beim Kaffeekochen Zeit. Deutlich mehr als sonst.

Erst 15 Minuten später kehrte sie mit einem Tablett zurück und stellte es auf dem Esstisch ab. "Warum haben Sie denn nichts gesagt. Ich hätte Ihnen doch geholfen", warf Frau Rottkowsky schuldbewusst ein und wollte sich gerade erheben.

"Ich denke, Sie haben gerade was Besseres zu tun, als mit mir Kaffee zu kochen."

"Danke."

"Guck mal, Oma, was mir Oma und Opa mitgebracht haben", sagte Sebastian begeistert und zeigte ihr sein neues Spielzeugauto. Doch plötzlich hielt er inne. Er schien nachzudenken.

Hedwig erriet seine Gedanken. "Weißt du jetzt, warum ich deine Uroma bin?" Sebastian sah sie unsicher an. "Weil das deine Oma und dein Opa sind. Die Mama und der Papa von deiner Mama. Mama und Papa von Oma und Opa sind Uroma und Uropa. Verstehst du es jetzt?", fragte sie liebevoll.

Der Junge nickte zwar, aber sicher war er sich augenscheinlich noch nicht. "Kann ich trotzdem weiter Oma zu dir sagen?"

"Na klar, mein Spatz."

Hedwig holte die Kuchenteller aus dem Schrank und

schnitt die Torte an. "Weiß Ulrike, dass wir kommen sollten?", erkundigte sich Frau Rottkowsky währenddessen.

"Nein. Mal sehen, wie sie nachher reagiert." Sie sah Ulrikes Eltern die Aufregung an. "Jetzt sind Sie hier und wir
ziehen das durch. Ich habe nur eine Bitte. Keine gegenseitigen Schuldzuweisungen. Die Fakten kommen auf den
Tisch, und dann sehen wir weiter."

Hedwig hatte kaum geendet, als ein leises Weinen zu hören war. Jenni war wach geworden und hatte Hunger. Sie
sah Frau Rottkowsky an und lächelte. "Begrüßen Sie Ihre
Enkelin ruhig, wenn Sie wollen. Basti, zeigst du deiner
Oma, wo Jenni schläft?"

"Komm Oma, ich zeig dir meine kleine Schwester. Ich bin
schon groß und pullere schon lange nicht mehr ein. Jenni
braucht noch eine Windel." Er nahm die neue Oma an die
Hand und zog sie mit sich. "Du auch, Opa", ergänzte er noch.

Hedwig ging kurz in die Küche und stellte das vorberei-
tete Fläschchen in warmes Wasser. Dann lief sie zu Jenni.
Gisela hatte die Kleine schon auf dem Arm und wiegte sie
zur Beruhigung leicht hin und her. Thomas stand zwar wie
bestellt und nicht abgeholt daneben, aber seine Augen
strahlten. Auf dem Arm hatte er seinen Enkel.

"Lassen Sie uns wieder ins Wohnzimmer gehen. Das
Fläschchen ist gleich warm. Wenn Sie wollen, können Sie
die Kleine füttern."

"Sehr gern."

Alle gingen zurück, und Gisela machte es sich mit Jenni
auf der Couch bequem. Sebastian setzte sich neben sie und
sah gebannt auf seine kleine Schwester.

"Jenni stinkt schon wieder", sagte er.

"Wir wechseln gleich ihre Windel."

"Kannst du das?"

"Ich habe deiner Mama auch immer die Windel gewechselt."

"War Mama auch mal so klein?"

"Wir waren alle so klein, als wir Baby waren."

Hedwig kam mit der Flasche herein und übergab sie Gisela. Dann setzte sie sich neben Thomas, der bis dahin schmunzelnd dem Gespräch zwischen seiner Frau und seinem Enkel zugehört hatte.

Als Jenni satt und die Windel gewechselt war, nahmen alle wieder am großen Tisch Platz und begannen, Hedwigs Obsttorte zu essen. Sebastian plapperte ohne Unterlass und als er irgendwann mit dem Enthusiasmus, der allen Kindern innewohnt, fragte: "Oma, Opa, wann kann ich euch besuchen kommen?", trat kurz betretenes Schweigen ein.

"Mal sehen, was deine Mama dazu sagt", antwortete Thomas.

"Sie kann doch mitkommen. Außerdem bist du ihr Papa, und sie muss auf dich hören", erwiderte Sebastian freudestrahlend.

"Das besprechen wir nachher mit Mama und Papa. Jetzt iss endlich deine Torte! Du hast ja noch nicht mal richtig angefangen", unterbrach Hedwig die Fragen ihres Urenkels. Dann sah sie zu Thomas und Gisela, denen die Aufregung über das Bevorstehende anzumerken war. Nervös schaute Gisela auf die Uhr. "Sie werden bald nach Hause kommen", beantwortete Hedwig die Frage, die nicht gestellt wurde. Dann sah sie Sebastian an. "Wenn Mama und Papa kommen, bleibst du hier am Tisch sitzen! Hast du mich verstanden?" Der Junge nickte. Der Ton seiner Uroma war ungewöhnlich scharf, und das hieß nur eines: Ihre Anweisung befolgen!

Dann sah Hedwig die Rottkowskys an. "Haben Sie irgendwelche Unterlagen mitgebracht?"

Thomas schüttelte den Kopf. "Da gibt es nicht viel. Eigentlich fast gar nichts, wenn man von den nett formulierten Dokumenten absieht, in denen die Niederlegung meiner Funktionen bekannt gegeben wurde."

"Das haben die so hinbekommen?"

"Mir blieb nichts anderes übrig."

Hedwig stand auf und ging zur Kommode. Umständlich holte sie einen Ordner hervor. "Hier haben wir die Unterlagen gesammelt, die mein Enkel und Ihre Tochter bekommen haben. Den größten Teil davon bekam Christian erst, als er in West-Berlin wieder in Sicherheit war. Anwalt Vogel meinte damals, er hatte Glück, dass es so glimpflich abgegangen ist. Geld gegen Freiheit. Das Geschäftsmodell der Stasi. Da Christian sehr offensichtlich kein Spion war und nur bezichtigt wurde, hielt sich die Forderung an die Westseite in Grenzen, und seine Inhaftierung dauerte nicht so lange. Gott sei Dank."

"Wie lange war er inhaftiert und wo?", fragte Gisela.

"Drei Monate hat er im Stasiknast in Hohenschönhausen eingesessen."

"Das wussten wir nicht", versicherte Thomas. "Man hatte mir nur gesagt, jemand wäre festgenommen worden, aber nicht mehr."

Hedwig reichte Thomas den Ordner. Doch bevor er anfangen konnte, die Papiere durchzublättern, hörten alle, dass die Wohnungstür aufgeschlossen wurde.

"Sie kommen", sagte Hedwig, obwohl das alle wussten. Eindringlich sah sie Sebastian an, der sich nicht vom Stuhl rührte. Die Alte stand auf und lief in den Flur, nicht ohne die Tür des Wohnzimmers hinter sich zu schließen. "Da seid ihr ja endlich. Kommt, ich helfe euch und dann vespern wir", sagte sie wie nebenbei.

"Wo ist Basti?", fragte Christian. Normalerweise kam sein Sohn immer zur Tür gerannt und empfing sie euphorisch.

"Basti isst schon Kuchen."

Die Einkäufe waren schnell in der Küche verstaut, und während sie alles wegräumten, erkundigte sich Ulrike nach Jennifer.

"Sie hat getrunken und die Windel ist gewechselt", beruhigte Hedwig sie sofort und ergänzte: "So ihr beiden, ab ins Wohnzimmer, sonst isst Basti noch alles alleine."

Christian und Ulrike wuschen sich noch schnell die Hände und gingen nach hinten. Hedwig blieb an der Küchentür, und damit auch unweit der Wohnungstür, stehen. Christian betrat das Zimmer zuerst. "Oma, du hast gar nicht gesagt, dass wir Besuch haben", hörte Hedwig ihn sagen. "Was macht ihr denn hier?", fast gleichzeitig von Ulrike und begeistert: "Oma und Opa sind da", von Sebastian.

Hedwig war froh, an der Küchentür gewartet zu haben. Ulrike kam aus dem Wohnzimmer gerannt und wollte zur Wohnungstür. Sie war äußerst erregt. Hedwig stellte sich ihr in den Weg und deutete Christian mit einer Geste an, im Wohnzimmer zu warten.

"Lass mich durch!", schrie Ulrike. "Wie konntest du nur ...?" Weiter kam sie nicht, dann fing sie fürchterlich zu heulen an.

Doch Hedwig ging nicht zur Seite. Sie nahm Ulrike in den Arm. "Es wird Zeit, dass ihr euch dieser Sache stellt. Vor allem du. Wenn du es nicht tust, wirst du es später bereuen."

"Wie konntest du über mich hinweg so entscheiden", fragte Ulrike heulend, und die Tränen zeichneten schon Spuren auf den Wangen.

"Weil es notwendig war. Wie lange wolltest du noch weglaufen?"

"Ich bin noch nicht soweit."

"Doch, das bist du, und du schuldest es deinen Kindern."

Ulrike schluchzte. Doch plötzlich stand Sebastian neben den beiden Frauen. "Mama komm! Oma und Opa sind da." Erst jetzt bemerkte der Junge, wie seine Mutter weinte. "Mami, warum weinst du? Es ist doch schön, dass Oma und Opa uns besuchen kommen. Sie haben uns Geschenke mitgebracht."

Ulrike konnte nichts sagen. Sie nickte nur.

"Die Mama weint, weil sie sich freut, dass Oma und Opa da sind." Hedwig drehte Ulrike vorsichtig in Richtung des Wohnzimmers. "Geh schon! Stell dich deiner Vergangenheit." Sie sah ihren Enkel an. "Bringst du die Mama ins Wohnzimmer?"

Sebastian nickte und griff die Hand seiner Mutter. "Komm Mama, Oma und Opa warten." Hedwig gab Ulrike sanft einen Schubs und diese ging langsam, gezogen von ihrem Sohn, los. Die Alte folgte ihnen. Erst an der Wohnzimmertür stoppte Ulrikes Lauf. "Na komm schon. Bring es hinter dich!", sagte Hedwig leise und schob sie sanft, aber bestimmt, ins Zimmer.

Ulrike betrat es langsam. Ihr Gesicht war immer noch verheult, und auch Gisela, ihre Mutter, liefen einige Tränen die Wange herab. Sie saß nach vorn gebeugt auf dem Stuhl und die Unsicherheit – sollte sie ihre Tochter umarmen oder nicht – war ihr deutlich anzumerken.

"Oma, weinst du auch, weil du dich freust?", fragte Sebastian unbedarft, und Gisela nickte leicht. Dann siegte ihr Wunsch. Sie stand auf, ging auf ihre Tochter zu und umarmte sie. "Endlich!", flüsterte sie leise. Ulrike duldete die Umarmung ihrer Mutter, erwiderte sie aber nicht.

"Setzen wir uns an den Tisch", dirigierte Hedwig die beiden Frauen und sah zu ihrem Enkel. Auch Christians Verunsicherung war deutlich zu spüren. Er saß Thomas gegenüber.

Die Frauen setzten sich. Ulrike nahm neben ihrem Mann, und somit gegenüber ihrer Mutter, Platz, und Hedwig ließ sich auf Sebastians bisherigem Platz nieder.

"Oma, da hab ich gesessen", maulte er.

"Dann setz dich neben deinen Papa und deinen Opa. Hier sitzen jetzt die Frauen."

"Und hier die Männer. Ich bin auch schon groß. Stimmt's?" Sebastian sah erwartungsvoll in die Runde. Als niemand antwortete, tippte er Thomas an. "Opa, ich bin bald drei und schon lange kein Baby mehr."

"Wann wirst du denn drei?", fragte sein Opa, um die Anspannung zu überspielen.

Sebastian überlegte. "Bald. Papa, wann hab ich Geburtstag?"

"Am vierten November", antwortete Christian leise.

"Am vierten November. Opa, kommst du auch mit Oma zu meinem Geburtstag?"

Wieder herrschte kurz betretenes Schweigen. "Er kommt bestimmt", sagte Hedwig plötzlich, um die Stille zu durchbrechen. Sie sah dabei zu Ulrike, deren sonst so volle Lippen nur ein schmaler Spalt in ihrem Gesicht waren. Die alte Frau wusste instinktiv, sofort aktiv werden zu müssen. Jetzt! Die Situation drohte zu eskalieren. Das verriet Ulrikes erstarrter Blick.

Hedwig griff nach ihrer Hand und drückte sie liebevoll. "Wir sitzen heute alle hier, weil ich das so wollte." Wieder entstand eine kurze Pause, dann fuhr sie fort. "Wenn ich mir die letzten Jahre so ansehe, dann komme ich zu der Einsicht, dass ich die große Nutznießerin all dessen bin, was damals passiert ist."

"Wieso du? Du hast doch genauso gelitten. Die ganze Aufregung, der Stress, die Unsicherheit. Ohne dich hätten wir das niemals geschafft", warf Ulrike erbost ein.

"Das stimmt schon. Aber wenn das alles nicht passiert wäre, dann wäre ich heute noch die einsame alte Frau, die ich vorher war. Als mein Mann starb, saß ich allein in meiner großen Wohnung. Harald wohnt in Bochum, meine Tochter, Brigitte, lebt mit ihrer Familie in Sömmerda und mein Mittlerer, Johannes, ist schon seit etlichen Jahren tot. Erst Christians Studienbeginn in West-Berlin brachte wieder etwas Leben in die Bude. Ein bisschen jedenfalls, und dann kamst du, Ulrike, schwanger mit Basti, meinem Urenkel. Was dann geschah war eine Katastrophe, und hätte es die Wende nicht gegeben, dann wäre ich wieder die einsame alte Frau. Du wärst jetzt wahrscheinlich in West-Berlin oder Westdeutschland."

"Das entschuldigt aber nichts", erwiderte Ulrike. Ihre Stimme klang dabei fast wieder normal.

"Das wollte ich damit auch nicht sagen. Wir haben uns zu dritt so oft über alles unterhalten, und nie konnten wir alle Fragen beantworten. Wir haben immer spekuliert, das weißt du genau. Ich lebe nicht ewig und will endlich wissen, was wirklich passiert ist. Deshalb habe ich deine Eltern angeschrieben und ihnen auch einige Fotos geschickt. Deine Mutter hat sich tatsächlich gemeldet und recht schnell wurde klar, dass bei den ganzen gegenseitigen Anschuldigungen irgendwas nicht stimmen konnte. Genau deswegen sitzen wir heute hier. Ich hätte es gern behutsamer gemacht, aber du warst nicht ansprechbar, und ich wollte Christian da nicht mit reinziehen. Er wusste auch von nichts, genau wie du."

"Ich hab mir schon so was gedacht, als du vor einigen Tagen angefangen hast, Basti zu erklären, warum du nicht seine Oma bist", entgegnete Ulrike mittlerweile deutlich ruhiger.

"Mama, das sind Oma und Opa, und Oma ist die Oma mit der Uhr", warf Sebastian altklug ein.

Alle mussten loslachen. Auch Ulrike. Mit einer kurzen Verzögerung begann auch der Junge zu lachen, obwohl er nicht genau wusste, warum. Während der Lachsalve sah Ulrike verlegen zu ihrer Mutter. Die Blicke der beiden Frauen trafen sich kurz, und Ulrike musste sich eingestehen, dass sie sich ihre Mutter biederer vorgestellt hätte. Irgendetwas schien sich verändert zu haben. Dasselbe galt für ihren Vater, den sie deutlich dicker und vor allem gestresster in Erinnerung hatte.

"Kann ich mit meinen Fragen anfangen?", platzte es aus Ulrike heraus. Sie schaute kurz in die Runde und niemand widersprach. Dann sah sie ihrem Vater in die Augen. "Kannst du mir sagen, warum du auf dem Bahnhof mitgelaufen bist, als der Zug losfuhr und noch die ganze Zeit gewunken hast? Ich war damals so voller Hoffnung und hab gedacht, alles wird vielleicht doch noch gut."

"Ich habe so bereut, was ich bei unserem letzten Frühstück gesagt hatte, und naja, als du den Koffer gepackt hattest, hat Mutti so auf mich eingeredet und gefragt, ob ich noch bei Trost wäre, dir so die Pistole auf die Brust zu setzen. Natürlich hatte sie Recht, aber das wollte ich in dem Moment nicht zugeben. Für mich brach eine Welt zusammen. Ich habe auf der ganzen Fahrt zum Bahnhof gehofft, dass du einen Rückzieher machst. Das Mitlaufen und Nachwinken war die letzte Chance."

"Und warum hast du dich dann nie wieder bei mir gemeldet? Du hättest doch nur im Wohnheim anzurufen brauchen."

"Das hab ich in derselben Woche auch noch gemacht. Die haben mir gesagt, dass sie dir eine Nachricht ins Fach legen."

"Ich hatte keine Nachricht", sagte Ulrike ungläubig.

"Ich habe sogar ein paar Mal angerufen. Normalerweise bist du jedes zweite Wochenende nach Hause gekommen. Angeblich hat man dir immer Nachrichten hinterlassen, und beim letzten Mal musste ich mir sogar anhören, du würdest dich schon melden, wenn du Lust dazu hast. Als dann feststand, dass du nicht nach Hause kommst, war für uns klar, wie du dich entschieden hast."

"Ich habe nicht eine Nachricht von dir in diesen zwei Wochen bekommen", sagte Ulrike ungläubig.

"Vati hat wirklich mehrmals angerufen. Immer abends, wenn er dachte, du bist wieder im Wohnheim. Ich war dabei", unterstützte Gisela ihren Mann.

"Deine Mutti hat mir so Feuer unter'm Arsch gemacht, das kannst du dir gar nicht vorstellen."

"Feuer unter'm Arsch." Sebastian musste erst lachen, dann sagte er: "Opa, Arsch sagt man nicht."

"Basti, hast du nicht Lust, in Omas Zimmer etwas fern zu sehen? Deine Trickfilme gehen gleich los", schlug Christian seinem Sohn vor. Der Junge war schnell überzeugt. Was die Erwachsenen gerade besprachen, verstand er sowieso kaum und außerdem war es für ihn langweilig.

"Ich weiß schon, wie der Fernseher bei Oma angeht. Ich bin schon groß", sagte er begeistert und stürmte los.

"Reichen Sie mir bitte mal die Akte", sagte Christian zu seinem Schwiegervater, der sich sofort umdrehte und die Unterlagen, die Hedwig aus der Kommode geholt hatte, herüberreichte.

"Wir können uns ruhig duzen. Sie sind der Mann meiner Tochter, und bisher hatten wir leider keine Gelegenheit, uns kennen zu lernen. Ich heiße Thomas."

"Christian."

"Gisela."

"Hedwig. Darauf stoßen wir jetzt an." Die alte Frau stand auf, holte fünf Gläser aus der Vitrine und ihren selbstgemachten Eierlikör aus der kleinen Hausbar im Schrank. "Richtig Guten gibt es auch im Westen nicht zu kaufen, deshalb mache ich ihn immer noch selber." Sie goss die Gläser voll und gab jedem eines. Dann sah sie Ulrike an. "Keine Sorge. Ein Fläschchen für Jennifer ist noch im Kühlschrank. Du kannst also einen mittrinken. Zum Wohl."

Als sie die Gläser geleert hatten, schob Christian seines beiseite und schlug die Akte auf. "Schatz, erinnerst du dich noch, als bei den Ermittlungen gegen mich auch Aussagen von Mitbewohnern deines Wohnheims auftauchten?"

"Stimmt. Aber das waren keine Namen, die ich kannte."

"Weil es Decknamen gewesen sind. Fakt ist aber, dass die Stasileute bereits bei meinem ersten Verhör wussten, wann ich bei dir im Wohnheim war, und das war lange bevor das mit deinem Vater passiert ist. Schau mal hier. Ich hab's gefunden."

Ulrike sah auf die Seite. Die Fotokopie war zwar schlecht, aber leserlich. "Die Mitbewohnerin Mascha gab an, dass die Rottkowsky bereits seit Januar 1988 Kontakt zu einem Christian Weber unterhält, der vorgibt, Student zu sein. Besagter Weber kam regelmäßig ins Studentenwohnheim und übernachtete auch bei der Rottkowsky. Die bekannten Besuchstermine im Wohnheim sind in Anlage 2 A erfasst."

"Das Schreiben ist vom Juni 88", ergänzte Christian.

"Unser Streit war Anfang Mai", fügte Thomas hinzu.

"Da hatte uns also schon jemand auf dem Kicker", schlussfolgerte Ulrike.

"Wann und wie habt ihr euch eigentlich kennen gelernt?", wollte Gisela wissen.

Ulrike sah Christian lächelnd an und hakte sich bei ihm ein. "Das war im November 87. Am Ausgang des U-Bahnhofs am Alexanderplatz hat er mich fast umgerannt. Meine ganzen Unterlagen sind in den Dreck gefallen."

"Aber ich hab mich entschuldigt, dir beim Aufheben geholfen und dich zum Wiedergutmachungskaffee eingeladen", rechtfertigte sich Christian und gab seiner Frau einen Kuss.

"Egal, ob sie dich oder Christian auf dem Kicker hatten, sie haben jedenfalls die Kontaktversuche deines Vaters nicht mehr übermittelt, zumindest diese Mascha nicht", nahm Hedwig den Faden wieder auf. "Wann hast du in der Sache erstmalig was gehört oder unternommen?", fragte sie an Thomas gewandt.

"Das war ungefähr zwei Wochen nach dem Wochenende, an dem Ulrike nicht mehr nach Hause kam. Ich hatte bis dahin nichts mehr von dir gehört. Da es meine ganzen Kontaktversuche gegeben hatte, konnte das nur noch eines heißen: Du hast mir den Rücken zugewandt. Unternommen in dem Sinne habe ich nichts. Ich habe lediglich den Rat eines Freundes gesucht. Ich hab nicht mehr gewusst, wie ich mich verhalten sollte. Du auf der einen Seite, schwanger von einem Westdeutschen und mein Beruf und meine Funktionen auf der anderen. Ich hatte keine Ahnung, wie ich das Problem lösen sollte."

"Wer war dieser Freund?", fragte Ulrike.

"Gerd Neugebauer. Du müsstest ihn eigentlich kennen."

"Der Typ aus dem Betrieb, der immer zu deinem Geburtstag kam?"

"Genau der. Er war im Betrieb Parteiorganisator. Als du einen Monat lang nichts mehr von dir hast hören lassen, habe ich unter vier Augen mit ihm gesprochen. Er meinte damals nur, er will mal sehen, was er in Erfahrung bringen könne. Auf Grund seiner guten Kontakte wäre das kein Problem, und ich soll ganz ruhig bleiben."

"Hast du ihm gesagt, wie ich heiße?", fragte Christian.

Thomas schüttelte den Kopf. "Definitiv nicht. Zumal ich mir nicht einmal sicher war, ob Ulrike uns deinen richtigen Namen gesagt hat."

Christian dachte kurz nach. "Dann scheint diese Informantin Mascha nichts damit zu tun zu haben. Sie hat uns schon im Januar 88 ausspioniert, also rund ein halbes Jahr vorher."

"Und im Juni begann unser Martyrium", meinte Ulrike gedankenversunken und sah ihren Vater an. "Es ist schon komisch, dass es fast zeitgleich mit deinem Gespräch passiert ist. Wie ging es mit diesem Neugebauer und dir weiter?"

"Eine Weile hörte ich nichts, und dann sagte er, dass es eine Sicherheitsanfrage bei ihm gab. Das war einige Wochen später", sinnierte Thomas recht leise. "Als ich mich nach dem Grund der Anfrage erkundigte, meinte er nur, zu meinem eigenen Schutz könne er mir das nicht sagen. Erst auf mein Drängen hin, räumte er unter dem Deckmantel der Verschwiegenheit ein, dass es um Spionage im Betrieb ging."

"Ich bin Ende Juni verhaftet worden", sagte Christian. "Mir wurde vorgeworfen, mich an Ulrike herangemacht zu haben, um über sie an irgendwelche Projektunterlagen, technischen Analysen und ähnliches heranzukommen. Ich hatte keine Ahnung, wovon die Stasileute damals faselten. Zumal ich nicht einmal wusste, was genau du machst. Ulrike hatte lediglich erwähnt, dass du einen Betrieb in Rathenow leitest."

"Was hat es eigentlich mit dieser Erklärung auf sich, die ich abgeben haben soll?", fragte Thomas.

"Die wurde mir nur in einem der Verhöre vorgelegt. Ich solle auspacken, meinten sie, und es nicht noch schlimmer machen. Es gab nichts auszupacken und bei meinem dritten oder vierten Termin legten sie mir das Schreiben vor, in dem du erklärt hast, mit mir keinen Kontakt mehr haben zu wollen, weil du enttäuscht darüber bist, dass ich die Sache des Sozialismus verraten und mich mit konspirativen Kräften eingelassen habe. Das Schreiben trug deine Unterschrift."

"Ich habe so eine Erklärung niemals abgegeben. Hast du sie noch?"

Ulrike schüttelte den Kopf. "Sie haben sie nur vorgelesen und mich einen kurzen Blick darauf werfen lassen. Ich war viel zu aufgewühlt. Ich habe nur deine Unterschrift gesehen und geheult."

"Weißt du noch, wann das war?"

"Das muss Ende Juli oder Anfang August gewesen sein. Sie hatten mich nicht verhaftet, aber mehrfach in die Gotlindestraße geholt. Ich solle froh sein, aus so gutem Hause zu stammen, sie könnten auch andere Maßnahmen ergreifen, drohten sie. Ich hab damals so eine Angst gehabt, das kannst du dir gar nicht vorstellen. Wenn Hedwig nicht gewesen wäre, dann weiß ich nicht, ob ich das alles geschafft hätte. Ich wusste nicht mehr, wo ich hinkonnte. Im Wohnheim wurde ich von irgendjemandem überwacht, das war mir klar. Nach Hause zu euch konnte ich nicht, und in meiner Verzweiflung bin ich irgendwann zu Oma und habe sie gefragt, warum Christian und auch sie mir das angetan haben. Warum er so ein Schwein ist und mich mit einem Kind im Stich lässt, immerhin seines, für das er keinerlei Verantwortung zu übernehmen bereit ist. Zumal sie beide früher als ihr davon wussten, dass ich schwanger war."

"Du hast nicht gefragt, du hast geschrien. Es hat eine Weile gedauert, bis wir wieder normal reden konnten. Aber bei mir waren die Stasileute auch irgendwann. Sie wollten wissen, wieso du jetzt hier wohnst, und ich hab ihnen gesagt, dass ich froh bin, einer Medizinstudentin ein Zimmer unterzuvermieten. Zumal ich mit 75 Jahren nicht mehr die Jüngste bin und kein Telefon habe, um einen Arzt zu rufen, wenn es mir nicht gut geht. Dabei haben sie es belassen und einige Wochen später Christian an die Grenze gebracht. Er durfte nicht mehr in den Osten einreisen, und ich als Rentnerin musste immer rüber. Schnell war klar, dass der ursprüngliche Plan beibehalten werden sollte. Ulrike beendet das Studium und stellt dann den Ausreiseantrag. Gott sei Dank kam es anders, und das auch noch schneller, als der Ausreiseantrag jemals bearbeitet worden wäre. Aber wie ging es bei dir im Betrieb und mit diesem Neugebauer weiter?"

Thomas dachte kurz nach und ließ die Erinnerung in seinem Kopf Revue passieren. Dann sagte er recht leise: "Einige Wochen später teilte mir Neugebauer mit, dass es schlecht um meine Familie bestellt sei. Ich fragte ihn, was er genau meinte, und er sagte, dass die damalige Sicherheitsanfrage meine Person betraf. Ermittlungen der staatlichen

Sicherheitsorgane hätten ergeben, dass ich ausspioniert worden sein soll und du, Ulrike, an der Spionage beteiligt warst. Ich werde nie vergessen, wie Neugebauer sagte, dass ich die Messebesuche im Westen vergessen könne und das wäre noch das kleinste Übel. Er hätte bei den Genossen, dank seiner ausgezeichneten Beziehungen, ein gutes Wort für mich eingelegt. Wenn ich bereit sei, zurückzutreten – mit gesundheitlichen Gründen wäre man einverstanden – und meine Ämter niederzulegen, dann würde man auf einen Prozess gegen dich verzichten. Kein Parteiverfahren, keine unehrenhafte Entlassung für mich und mehr könne er in dieser Situation beim besten Willen nicht tun. Der Drahtzieher aus dem Westen, ich gehe davon aus, dass er dich meinte, sei bereits verhaftet worden. Ich hatte einen Tag Bedenkzeit, um die vorbereiteten Papiere zu unterschreiben. Ich habe es sofort gemacht. Was blieb mir übrig? Es war die Wahl zwischen Cholera und Pest."

"Könnten sie dir bei diesen Papieren nicht auch die Erklärung untergeschoben haben?", fragte Ulrike.

Thomas schüttelte den Kopf. "Haben sie nicht. Ich habe jedes einzelne Blatt gelesen. Ich habe meinen Rücktritt als Betriebsdirektor, meine Mitgliedschaft in der Kreisleitung der Partei und eine neue Verschwiegenheitserklärung unterzeichnet. Mehr nicht. Die Verschwiegenheitserklärung verbot mir jegliche Äußerungen über den Betrieb. Außerdem wurden die Geheimhaltungsverpflichtungen um nochmalige fünf Jahre erweitert und das hieß letztlich, dass ich auch zu dir keinen Kontakt mehr aufnehmen durfte. Theoretisch gilt diese Erklärung sogar noch heute. Als geeigneten Nachfolger musste ich Neugebauers Sohn vorschlagen. Er war sowieso schon einer meiner beiden Stellvertreter und für den technischen Bereich zuständig."

"Das sieht nach einem infamen Spiel aus", gab Hedwig zu bedenken.

"Und wir alle waren die Schachfiguren des Genossen Neugebauer", ergänzte Christian. "Jetzt ist mir auch klar, warum die Zahlung der Bundesrepublik für meinen Austausch verhältnismäßig gering war und alles sehr schnell über die Bühne ging. Dieser Neugebauer muss tatsächlich sehr gute Kontakte zur Stasi gehabt haben. Selbst Rechtsanwalt Vogel hat sich damals über den Betrag und das Tempo gewundert. Ich weiß noch, wie er meinte, ich müsse ein besonders kleines Licht oder extrem wichtig sein. Das mit dem kleinen Licht konnte ich ihm bestätigen. Letztlich war mir auch egal, was er dachte. Ich wollte nur aus diesem Stasiknast in Hohenschönhausen raus. Das war die Hölle auf Erden für mich."

"Das war es für uns alle. Was würde ich geben, wenn man an diese Stasiakten rankäme", sinnierte Hedwig und stand auf, um Jenni zu holen. Die Kleine hatte angefangen zu schreien.

"Ich helfe dir", sagte Gisela sofort und erhob sich ebenfalls. Als Hedwig in der Küche das Fläschchen ins heiße Wasser stellte, meinte Gisela mit Jenni auf dem Arm: "Wir scheinen die Opfer eines riesigen Komplotts geworden zu sein."

"Da hast du Recht. Aber jetzt, wo wir das wissen, können wir uns vielleicht doch noch angemessen um den Genossen Neugebauer kümmern."

"Das dürfte nicht so einfach werden. Er ist kurz nach dem Fall der Mauer weg. Manche sagen nach Moskau, andere nach Süd- oder Mittelamerika. Aber das sind nur Gerüchte."

"Und sein Sohn?"

"Im Juli 90 war sein Job vorbei. Er hat sofort nach der Währungsunion die Insolvenz beantragt, den Betrieb geschlossen und ist auch verschwunden."

"Dann blieb das Thomas ja erspart."

"Nicht nur das. Es kam noch viel besser. Durch die Niederlegung seiner Ämter im August 88 stand er besser da, als wir es je zu hoffen gewagt hätten. Im Rahmen der Insolvenz trat man an ihn heran. Auf Grund seiner Sachkenntnis und Kompetenz stellte ihn der Insolvenzverwalter als Berater an, und heute arbeitet Thomas wieder in der Geschäftsführung. Die Firma ist gerettet worden. Sie ist zwar nicht mehr so groß wie damals, aber ein Teil des alten Personals arbeitet wieder. Für die ist Thomas der Held. Zumal auch noch raus kam, dass Neugebauers Sohn Firmengelder veruntreut haben muss und deshalb sofort in die Insolvenz und anschließend selbst auf große Fahrt ging."

"Und heute wendet sich auch der Rest zum Guten. Wer hätte das vor zwei Stunden schon erwartet."

"Allerdings."

"Komm, lass uns rüber gehen. Das Fläschchen ist warm genug, und nachher genehmigen wir uns noch einen Eierlikör", schlug Hedwig vor.

Die Frauen gingen zurück ins Wohnzimmer, und Gisela gab ihre Enkelin vorerst nicht mehr her. Die Kleine nuckelte zufrieden an ihrem Fläschchen. Ulrike musste sich innerlich eingestehen, dass sie den Anblick genoss.

Auch Thomas schaute zufrieden zu seiner Frau. "Ulrike konnte wenigstens ihr Studium zu Ende bringen. Das hat sie gerade erzählt, als ihr in der Küche wart."

"Na Gott sei Dank. Wie hast du das nur alles geschafft?"

"Oma hat mir geholfen, wo es nur ging. Ohne sie hätte ich keine Chance gehabt."

"Du darfst aber auch deinen Professor nicht vergessen, der sich für dich sehr stark gemacht hat, als dein Parteiaustritt bekannt wurde", ergänzte Hedwig.

"Das stimmt. Ohne Professor Wiedemann hätten sie mich wahrscheinlich Ende 88 exmatrikuliert. Aber da rumorte schon einiges im System, allerdings noch von der Öffentlichkeit weitestgehend unbemerkt."

"Warum habt ihr euch nach der Wende nicht bei Ulrike gemeldet?", wollte Hedwig wissen.

"Wahrscheinlich, weil wir Angst davor hatten, ihre Ablehnung zu erfahren. Die Aktenlage, die man uns präsentiert hatte, sprach eine eindeutige Sprache, und andererseits habe ich immer auf ihre Entschuldigung gewartet. Mein Rücktritt hatte ihr immerhin einen Prozess erspart, zumindest dachten wir das bis heute."

"Wenn ihr ehrlich seid, dann trifft diese Aussage auch fast so auf euch zu", sagte Hedwig an Ulrike und Christian gewandt.

Beide nickten, sahen sich an und dann meinte sie: "Allerdings. Kaum zu glauben, wie geschickt dieser Neugebauer das eingefädelt hat. Nur die Rolle dieser Mascha verstehe ich noch nicht."

"Einfach nur ein Spitzel", warf Hedwig sofort ein. "Ich kannte so was aus der Nazizeit, und irgendwie wusste man ja im Osten, dass es mit der Stasi ähnlich lief. Aber so was am eigenen Leib zu erfahren, ist schon eine andere Hausnummer. Manchmal frage ich mich, ob deine Bespitzelung die späte Rache des Systems für den Abgang deines Vaters war? Andererseits, das war 1959 und man hätte ihn bei der Beerdigung festnehmen können. Das ergibt irgendwie keinen Sinn."

"Vielleicht gab es nur eine Routineüberprüfung auf Grund meiner Stellung als Betriebsdirektor", warf Thomas als weiteres Argument in die Runde. "Ich bin regelmäßig in den Westen gefahren und irgendwelche Lakaien hatten Paranoia."

"Christian hat sich im Wohnheim nie als Wessi ausgegeben. Du hast doch nicht einmal deinen Familiennamen genannt. Andere Studenten hatten auch ab und an ihren Freund oder ihre Freundin dabei. Im Grunde müssten sie dich schon ab dem Grenzübergang oder spätestens ab Omas Wohnung überwacht haben. Dort könnten sie mich dann gesehen und auf diese Spur gekommen sein. Aber so ein Aufwand? Wozu?"

"Ihr meint, dass alles nur eine unglückliche Verknüpfung von Zufällen gewesen sein könnte?", fragte Hedwig in die Runde schauend.

"Auszuschließen ist das nicht", räumte sogar Christian ein.

"Ich frage mich, wem nutzt es? Und da gab es nur zwei Leute. Neugebauer und sein Sohn. Ich glaube nicht an so viele Zufälle. Zumal sie auch zeitlich so perfekt zusammenpassen", sinnierte Thomas.

"Da muss ich dir Recht geben", antwortete Hedwig und griff nach der Eierlikörflasche. Sie füllte die Gläser wieder und ergriff ihres. "Dann lasst uns auf diesen Herrn Neugebauer anstoßen. Ohne ihn hätte ich nicht diese Familie." Eine kurze Pause entstand, und Hedwig ergänzte lächelnd: "Nichts spricht dagegen, es mal so zu sehen."

"Dann auf Gerd. Egal in welchem Kaff auf dieser Welt er sich versteckt. Irgendwann wird ihn irgendjemand, dem er auch so mitgespielt hat, finden, und dann Gnade ihm Gott", ergänzte Thomas und erhob als Letzter in der Runde auch sein Glas.

Die Amnesie

"Wie habt ihr euch eigentlich kennengelernt?", fragte Conny ihre Eltern, und Maximilian, ihr sechs Jahre jüngerer Bruder, unterbrach sein Kauen. "Das willst du doch bloß wissen, weil du jetzt auch einen Freund hast", nuschelte er mit vollem Mund.

Die Eltern sahen sich an und mussten schmunzeln. Beide hielten kurz mit dem Essen inne, und dann sagte die Mutter: "Wir haben uns vor 18 Jahren beim Tanzen kennen gelernt."

"Das ist ja öde", erwiderte die Fünfzehnjährige gelangweilt und stocherte in ihrem Auflauf herum.

"Ganz so öde war es doch nicht. Ich habe eure Mutter im Krankenhaus kennengelernt."

"Häh?", monierten Conny und ihr Bruder gleichzeitig. Sie sahen, wie die Eltern grinsten. "Ja, was denn nun?", hakte Conny nach.

"Erzählst du es ihnen?", fragte die Mutter lächelnd ihren Mann.

"Na okay." Der Vater beugte sich nach vorn und schaute seine Kinder an. "Aber ihr esst weiter, während ich es euch erzähle." Er registrierte zufrieden ihr zustimmendes Nicken und begann. "Ich habe damals in einem Krankenhaus in Havanna gelegen. Ich hatte keine Ahnung, warum ich dort war. Als ich zu mir kam, hat mein Schädel gebrummt, und ich hatte einen dicken Verband um den Kopf." Der Vater sah seine Kinder an.

"Und warum hattest du den Verband?", fragte Maximilian leiser, als er es sonst für gewöhnlich tat.

"Das wusste ich auch nicht. Ich hatte eine Amnesie."

"Was ist das?" Maximilians Augen wurden groß.

"Wenn man alles vergessen hat. Mann ist der doof." Conny rollte gelangweilt mit den Augen.

"Du bist selber doof", ereiferte sich der Junge in Richtung seiner älteren Schwester.

"Ich hab gleich wieder Amnesie", unterbrach sie der Vater und hielt einen Moment mit ernstem Blick inne. "Wenn ihr euch zankt, dann vergesse ich, was ich erzählen wollte."

Alle am Tisch waren wieder mucksmäuschenstill. Mit gedämpfter Stimme fuhr der Vater fort. " Ich komme also zu mir und weiß nicht, wo ich bin. Nach einiger Zeit ist ein Arzt gekommen und hat mich gefragt, wie ich heiße. Ich konnte es ihm nicht sagen. Der Arzt hat mir dann erzählt, ich soll zwei Tage zuvor als Notfall eingeliefert worden sein. Zwei Polizisten hätten mich in der Nähe eines Dorfs gefunden. Aber ich hatte keine Ahnung, wo das sein sollte. Dann hat er gesagt, ich hätte einen schweren Schlag auf den Kopf bekommen, und man hätte mich blutüberströmt und bewusstlos am Strand aufgelesen. Weil die beiden Polizisten dachten, mein Schädel wäre gebrochen, haben sie mich schleunigst ins Krankenhaus nach Havanna gebracht. Dort haben sie dann Gott sei Dank festgestellt, dass es nur eine Platzwunde und eine riesige Beule war."

"Wie groß war die Beule?", fragte Maximilian mit gedämpfter Stimme.

"Ungefähr so." Sein Vater hielt die Hand über dem Kopf, und das bestätigte dem Jungen, die Schwellung war riesig gewesen. Nur seine Frau und Conny grinsten. Maximilian staunte, und seine Augen wurden immer größer.

"Die war ja gigantisch", stellte er anerkennend fest.

"Oh ja, das war sie. Doch weiter mit der Geschichte." Sein Vater beugte sich etwas weiter über den Tisch und sah Maximilian in die Augen. Mit gedämpfter Stimme sagte er: "Ich hab dann den Arzt gefragt, wo meine Sachen sind. In meiner Jacke hätten mein Pass und mein Portmonee sein müssen. Er hat mir gesagt, ich hätte keine Jacke angehabt, und da wusste ich, dass ich ausgeraubt worden bin."

"Von wem?" Maximilians Augen wurden noch größer, und an das Weiteressen war nicht mehr zu denken.

"Das wusste ich noch nicht", sagte sein Vater.

"Wieso 'noch nicht'? Hat es die Polizei auf Kuba rausgefunden?", fragte Conny nun auch deutlich interessierter.

"Nein. Die hatten keine Ahnung, wer meine Sachen geklaut hat."

"Und, wie hast du's nun rausbekommen? Du wusstest doch nicht mal mehr deinen Namen", hakte Conny nach.

"Das stimmt. Ich hatte schon alles abgeschrieben, vor allem die 400 Dollar, die ich am Samstag in Havanna noch in mein Portmonee gesteckt hatte. Für mich als Tourist war es nicht so viel und der Verlust zu verschmerzen; aber für einen Kubaner ..." Der Vater wog bedächtig seinen Kopf hin und her. "Ungefähr zwei Jahresgehälter dürften es sein."

"Für 400 Dollar müssen sie auf Kuba zwei Jahre arbeiten gehen?", fragte das Mädchen ungläubig.

"So ist es. Schon allein deswegen war ich mir sicher, meine Sachen nie wiederzusehen. Ich hab mir an den Kopf gegriffen und gedacht, was für eine blöde Idee von mir, am Samstag allein in dieses Dorf gefahren zu sein. Ein Taxifahrer hatte mir das Fest empfohlen und mich hingebracht. Er meinte, es sei schön dort, und ich müsse mir keine Gedanken machen, auch wenn ich der einzige Tourist sein sollte. Die Gegend sei sicher und die Leute sehr freundlich."

"Dann hat der Taxifahrer dich ausgeraubt?" schlussfolgerte Maximilian und strahlte erwartungsvoll seinen Vater an.

"Hat er nicht. Nachdem ich ausgestiegen bin, ist er ja wieder losgefahren."

"Es war eine Bande", meinte Conny und sah ihren Bruder an. "Ist doch logisch, sonst wäre ja sofort klar, dass der Taxifahrer der Räuber ist. Der Fahrer überredet den Touristen, dorthin zu fahren, und seine Kumpane warten dort und überfallen später genau denjenigen, der aus dem Taxi ausgestiegen ist." Jetzt sah sie ihren Vater an. "War es so, Papa?"

Doch der Vater schüttelte wieder den Kopf. "Ihr liegt völlig daneben. Ich hab sogar fast alles zurückbekommen. Nur zehn Dollar haben gefehlt."

"Wer klaut denn zehn Dollar, wenn er 400 haben kann?", fragte Conny irritiert.

"Das erzähl ich euch gleich", antwortete der Vater.

"Wie hast du das überhaupt rausgefunden? Du hattest doch alles vergessen", sagte sein Sohn aufgeregt.

"Am nächsten Tag geht die Tür meines Krankenzimmers auf, und der Arzt kommt allein mit einer Jacke rein. Er hat gesagt, es wäre meine. Ich habe vielleicht Augen gemacht. Dann hat er mir gesagt, dass ich Hartmut Wiesner heiße und gefragt, ob ich eine Olga kenne. Ich hab Nein gesagt."

"Mama heißt auch Olga", fiel ihm Maximilian aufgeregt ins Wort.

"Was soll denn Mama damit zu tun haben?", fragte Conny verständnislos.

"Das werdet ihr gleich sehen. Also, der Arzt rief jemandem etwas zu. Plötzlich schaut eine junge Frau schüchtern durch die Tür zu mir. Dann hat sie angefangen zu lächeln, und eine Sekunde später ist sie ans Krankenbett gekommen und mir um den Hals gefallen. Ich wusste nicht, warum. Ich hatte sie noch nie zuvor gesehen. Dann hat sie mir erzählt, was passiert sein soll. Ich hätte sie bei einem Fest kennengelernt und den ganzen Abend mit ihr getanzt. Als es zu Ende war, sind wir am Strand spazieren gegangen. Wir sind sehr lange gelaufen und haben uns dabei über alles Mögliche unterhalten. Irgendwann haben wir uns hingesetzt, und da es schon fast am Morgen und ihr etwas kalt war, hat sie meine Jacke übergezogen. Als wir so im Sand saßen, soll mir plötzlich eine Kokosnuss auf den Kopf gefallen sein. Ich bin nicht mehr zu mir gekommen, und deshalb hat sie gedacht, ich wäre tot. Dann ist sie den ganzen Weg völlig panisch zurück ins Dorf gerannt, um die Polizei zu rufen. Sie hat ihnen erklärt, wo ich liege, und die Polizisten haben ihr gesagt, dass sie die Stelle kennen, und sie zu Hause warten soll. Als sie mich endlich gefunden hatten, war ich doch nicht tot. Sie wussten aber nicht, wie lange ein Krankenwagen um diese Zeit brauchen würde, und deshalb brachten sie mich, bewusstlos und blutüberströmt wie ich war, die 30 Kilometer nach Havanna ins Krankenhaus. Das hat die junge Frau aber erst zwei Tage später erfahren. Die zehn Dollar wurden gebraucht, um mir meine Jacke ins Krankenhaus bringen zu können."

"Dann war Mama diese Olga?", wollte Maximilian sicherheitshalber wissen.

"Na wer denn sonst? Mann bist du manchmal schwer von Begriff", maulte Conny ihren kleinen Bruder an.

"Wieso? Das hätte ja auch eine Freundin von dieser anderen Olga sein können. Vielleicht war sie ja zu feige, selbst zu kommen", konterte Maximilian schlagfertig.

"Da hat er recht. Das könnte so gewesen sein", unterstützte Hartmut seinen Sohn.

"War die junge Frau, also diese Olga, nun Mama oder nicht?", fragte Conny sichtlich verunsichert.

"Ja, sie war es. Eure Mama war nicht zu feige." Hartmut sah Olga lächelnd an. Dann beugte er sich zu ihr und gab seiner Frau einen Kuss.

"Iii, Knutschen ist eklig." Maximilian verzog das Gesicht, und Conny rollte diesmal nicht mit den Augen. Sie lächelte, als sie zu ihren Eltern sah.

"Ich habe also euren Papa doch beim Tanzen kennengelernt." Die Mutter sah ihre Kinder schmunzelnd an.

"Das behauptest du", erwiderte Hartmut übertrieben betont.

"Ach komm! Tu nicht so. Nach zwei Tagen konntest du dich doch wieder an alles erinnern." Olga knuffte ihren Mann liebevoll in die Seite.

"Woher willst du das wissen? Ich hab nur nachgeplappert, was du mir erzählt hast. Vielleicht war ja doch alles ganz anders, und du wolltest es nur nicht zugeben." Hartmut grinste seine Frau an.

"Ach so? Und warum machst du heute noch einen großen Bogen um jede Kokospalme, wenn wir auf Kuba meine Eltern besuchen?", fragte Olga lächelnd.

"Warum sollte ich mir noch mal eine Kokosnuss auf den Kopf fallen lassen? Ich bin doch immer noch glücklich mit dir."

Das Geburtstagsgeschenk

Maria saß am Küchentisch und sah ihrer Oma beim Umrühren des Kartoffelsalats zu. Als die alte Frau damit fertig war, schob sie die Schüssel etwas beiseite, deckte sie aber noch nicht ab. Innerlich schmunzelnd öffnete sie den Wandschrank, der sich oberhalb der Arbeitsplatte befand, und nahm einen kleinen Teller heraus, auf den sie einen Klecks Salat gab. "Na, mein Schatz, willst du kosten?", fragte sie, obwohl sie genau wusste, worauf ihre Enkelin gerade wartete.

Maria nickte eifrig. "Oh ja. Oma, kannst du noch mehr draufmachen?"

Lächelnd tat die alte Frau noch etwas auf. "Der Salat muss noch durchziehen. Das reicht zum Kosten. Heute Abend wird er dir noch besser schmecken." Sie deckte die Schüssel ab und reichte ihrer Enkelin den Teller. Dann setzte sie sich zu ihr an den Tisch.

Begeistert machte sich Maria über den Kartoffelsalat her. Sie wusste ganz genau, Oma hatte ihn nur ihretwegen gemacht. Genau wie die Klöße, die es morgen geben sollte. Noch während sie den ersten Happen kaute, meinte sie: "Oma, ich freue mich schon so auf nächste Woche. Dann werde ich endlich fünf. Ich bin schon so neugierig auf die Geschenke. Mal sehen, was ich alles bekomme."

"Was wünschst du dir denn?"

Maria dachte kurz nach. "Von meinen Eltern wünsche ich mir einen CD-Player. Aber einen von 'Hello Kitty'. Von der anderen Oma CDs. Von Onkel Klaus Schlittschuhe. Bei dir weiß ich es noch nicht."

"Du hast ja noch einige Tage Zeit, um es dir zu überlegen", sagte die alte Frau und musste schmunzeln. Sie wusste genau, worüber ihre Enkeltochter sich freuen würde. Das Geschenk lag bereits verpackt und gut versteckt im Kleiderschrank hinter der Bettwäsche.

Maria schluckte gerade den nächsten Happen herunter, und ihre Gabel war schon wieder voll, als sie fragte: "Omi, was war dein schönstes Geburtstagsgeschenk, als du Kind warst?"

"Eine frische Semmel. Die war noch warm, als ich sie bekommen habe, und hat einfach köstlich geschmeckt."

"Eine Semmel?", fragte Maria erstaunt mit vollem Mund. "Das ist doch kein Geschenk", fügte sie schmatzend hinzu.

"Oh doch, mein Schatz, damals war es das."

"Wie kann eine Semmel das schönste Geschenk sein? Die gibt's doch bei jedem Bäcker zu kaufen."

"Heute schon, aber 1946 war das anders."

"Was war da anders?", fragte das kleine Mädchen verwundert.

Die alte Frau überlegte kurz. Was sollte sie ihrer Enkelin jetzt antworten? "1946 war der Krieg ein Jahr vorbei. Alles war kaputt und wir auf der Flucht", versuchte sie ihrer Enkelin mit einfachen Worten zu erklären.

"Was ist Flucht?"

"Flucht ist, wenn man wegrennen oder weglaufen muss."

"Warum musstet ihr weglaufen?"

"Das Land, wo wir lebten, gehörte nach dem Krieg nicht mehr zu Deutschland, sondern zu Polen."

"Dann bist du aus Polen?", fragte das kleine Mädchen ungläubig und unterbrach das Kauen. Mit großen Augen sah sie ihre Oma an.

"Nein, mein Schatz. Ich bin nicht aus Polen. Damals hieß dieser Teil Deutschlands Schlesien. Als der Krieg vorbei war, wurde Schlesien an die Polen gegeben."

"Einfach so als Geschenk? Und in Polen gibt es keine Bäcker?" Maria war völlig verblüfft und vergaß sogar kurz, sich den nächsten Happen Kartoffelsalat in den Mund zu schieben.

"Natürlich gibt es in Polen auch Bäcker", antwortete die alte Frau lächelnd. Das schien ihre Enkelin zu beruhigen, denn sie steckte sich endlich den Happen in den Mund und kaute weiter. "Aber zu essen gab es damals kaum etwas. Erst nahmen uns die Russen alles weg, als sie 1945 kamen …"

"Wieso?", fiel Maria ihr spontan ins Wort.

"Weil sie den Krieg gewonnen haben. Aber sie hatten auch Hunger und wollten etwas zu essen. Dann kam ein Jahr später unsere Vertreibung durch die Polen. Wir hatten nichts mehr, und genau in dieser schlimmen Zeit hat mir mein Vater die Semmel geschenkt."

"Wo hat er die hergehabt?"

"Ich weiß es nicht. Ich war damals so alt wie du heute. Aber ich kann mich noch ganz genau daran erinnern, als mein Vater mich nachts geweckt und mir die warme Semmel gegeben hat. Das war eine riesige Überraschung für mich, aber ich musste sie sofort essen."

"Warum?"

"Meine Geschwister durften es nicht merken."

"Warum durften die es nicht merken? Es sind doch deine Geschwister."

Die alte Frau lächelte ihre Enkelin verständnisvoll an. 'Woher soll das Kind das wissen', dachte sie und überlegte kurz, wie sie es dem Mädchen erklären sollte. Dann meinte sie: "Meine Geschwister hatten auch Hunger. Wir hatten alle Hunger, und es gab kaum etwas zu essen. Im Krieg ist alles kaputt gemacht worden." Sie strich Maria zärtlich übers Haar.

Das Mädchen, es war gerade mit dem Kartoffelsalat fertig geworden, sah ihre Großmutter an. "Omi, ich bin satt. Jetzt bin ich noch viel neugieriger darauf, was du mir nächste Woche schenkst. Aber ich will keine Semmel. So ein Geschenk ist heute doof und Krieg auch."

"Da hast du völlig Recht, mein Engel." Die alte Frau sah aus dem Küchenfenster, und der Blick aufs andere Neißeufer ließ ihre Augen feucht werden.

Die Abreise

Die Hauptverkehrsadern sind wie immer verstopft. Unsere Fahrt zum Flugplatz verläuft zwar langsam, aber ansonsten problemlos und still. Wir halten uns die Hände und schweigen. Was kann ich sagen? Auf Deutsch sehr viel, auf Spanisch im Moment fast nichts. 'Halt einfach die Klappe!', ermahne ich mich in Gedanken selbst. Unsere Augen sprechen doch gerade Bände.

Endlich kommen wir am Flughafen an und gehen Hand in Hand in das riesige Gebäude. Ich ziehe den Koffer hinter mir her und genieße die Nähe meiner zukünftigen Frau. Wir suchen das Abflugterminal, und die Schlange der dort Wartenden ist lang. Aber das stört mich nicht. Heute warte ich nicht allein.

Die Abfertigung geht zügig voran, und das macht mir Hoffnung auf einen letzten Kaffee vor dem Abflug. Ich bin mir jetzt schon sicher, Marta wird sich wieder für einen 'Cappuccino con Baileys' entscheiden. Das macht sie immer.

Als ich an der Reihe bin, tritt eine charmante Beamtin an mich heran und beginnt, sich mit mir darüber zu unterhalten, was ich in ihrem Land mache. "Urlaub", lautet meine Antwort, und sie fordert mich nett, aber bestimmt auf, ihr zu folgen. Ich soll zur Drogenkontrolle. 'Auch das noch', geht mir durch den Kopf. Ich zeige auf Marta und sage, es sei gerade sehr ungünstig. Die Beamtin lächelt mich an. "Ich weiß", erwidert sie nur. Dann verschwindet ihr Lächeln, und sie zeigt Marta, wo sie warten kann.

Ich gehe mit zur Kontrolle, und mein Koffer wird gründlich in Augenschein und dann der Inhalt auseinandergenommen. Gott sei Dank habe ich Tesafilm dabei, um die angestochenen Kaffeepackungen wieder zu verschließen. Es wäre schade um das köstliche Aroma. Den Tipp hatte mir ein Freund gegeben. 'Endlich ist das geschafft', denke ich irgendwann, aber so ist es noch lange nicht.

Jetzt bin ich dran. Nach einer äußerlichen Besichtigung geht die nette Beamtin mit mir zu einem Röntgenraum, der sich nicht in unmittelbarer Nähe befindet. Ich soll mich freimachen, und als erstes schmeiße ich ihr meine dünne Lederjacke gegen ihre Brust. Ich bin auf Hundertachtzig, aber besinne mich sofort eines Besseren. Schließlich will ich in zwei Monaten wieder einreisen und heiraten.

"Entschuldigung", kommt daher etwas verkrampft aus meinem Mund. Die Beamtin reagiert gelassen, und ich lege in aller Ruhe etwas mehr Kleidung ab. Dann verlässt sie kurz den Raum. Ich werde geröntgt, und nach weiteren dreißig Sekunden kehrt sie zurück und stellt – zufrieden oder auch nicht – fest, dass ich keine mit Kokain gefüllten Kondome geschluckt habe.

Sie entschuldigt sich für die Unannehmlichkeiten und bittet um mein Verständnis. Das habe ich sogar, und mir fallen die Nachrichten des Fernsehens ein, die ausgiebig darüber berichten, wenn am Flugplatz der Hauptstadt ein Drogenkurier geschnappt wird. Heute wird nichts daraus, zumindest nicht mit mir in der Hauptrolle. Doch mein Verständnis für die Kontrolle ist echt. Kolumbien kämpft gegen sein Drogenimage, und jeder noch so kleine Erfolg wird, von Bogota aus, als Schlag gegen das organisierte Verbrechen gefeiert.

Die Beamtin führt mich schnellen Schrittes zu Marta, die immer noch auf mich wartet. Nicht nur sie, auch dreihundert Passagiere können es kaum erwarten, mich zu sehen. Die Abflugzeit ist schon deutlich überschritten. Doch dieser kleine Umweg muss jetzt sein.

Endlich stehe ich vor ihr. Sie ist froh, mich noch einmal zu sehen und mir geht es genauso. Ein letzter Kuss und ein leises: "Te amo", aus ihrem Mund spendet etwas Trost. Noch eine zärtliche Berührung ihrer Hand, ein feuchter Blick in ihre grünen Augen und schon muss ich los.

Die Beamtin bringt mich direkt zum Flugzeug, und der Ausreisestempel wird im Vorbeigehen in meinen Pass gedrückt. 'Fast wie ein VIP-Status', denke ich und hätte gerade heute gern darauf verzichtet. Eilig gehen wir durch das Shoppingparadies, und die steuerfreien Produkte, aufgebaut in kleinen, aber exklusiven Läden, rauschen unbeachtet an mir vorbei. Mit diesem Verzicht habe ich kein Problem und frage mich immer wieder, warum so viele Menschen genau den Besitz dieser Sachen als Luxus empfinden. Aber zum langen Sinnieren ist jetzt keine Zeit. Die Beamtin hastet mit mir weiter und übergibt mich der auf den letzten Fluggast wartenden Stewardess. Sie bestätigt, mein Koffer sei bereits an Bord und eilt mit mir die letzten Meter bis zur Maschine.

Als ich sie betrete und direkt zu meinem Platz gebracht werde, empfangen mich die anderen Fluggäste mit Applaus.

Der Gerüchtekoch

Ich sah auf meine Uhr. Es war Mittagszeit und das Wetter immer noch schön. Trotz des Herbstes schien die Sonne, und der blaue Himmel lud zu einem Spaziergang ein. 'Dann geh ich mir mal die Beine vertreten', überlegte ich und sperrte den Computer, an dem ich seit Stunden gearbeitet hatte. Noch ein flüchtiger Blick in Richtung Checkpoint Charlie beim Verlassen des Büros, und schon begab ich mich zu den Fahrstühlen. Jetzt hieß es warten. Als sich endlich eine Aufzugtür öffnete, stieg ich zu und war gespannt, wie weit die Fahrt gehen würde. Gerade um die Mittagszeit – und natürlich während der Feierabendflucht – hielten die Aufzüge in fast jeder Etage. So war es auch heute.

Bei einem dieser Stopps stieg auch Michael zu. Sein nasales "Mahlzeit", verbunden mit der Frage: "Na, machste auch Pause?", ließ mich nicken und beantwortete damit seine Frage. Seit einigen Monaten hatten wir durch ein Projekt öfter miteinander zu tun und uns so ein wenig kennengelernt. Stumm fuhren wir im voll besetzten Aufzug bis zum Erdgeschoss. "Ich erzähl dir gleich was. Aber du musst es für dich behalten!", redete er bereits leise auf den wenigen Metern, die wir bis zum Zeiterfassungsgerät zurücklegten, auf mich ein. Wieder nickte ich und war gespannt, was es gleich für Neuigkeiten geben würde.

Während des kurzen Spaziergangs plauderten wir über Belanglosigkeiten und Michaels Weg führte uns in Richtung des Jüdischen Museums zu einer Imbissstube. 'Nicht das, was ich vorhatte, aber einmal im Monat geht auch Currywurst mit Pommes frites', dachte ich, als wir unsere Bestellungen aufgaben. Zwei oder drei Minuten später setzten wir uns an einen der Tische, die auf dem Bürgersteig standen und begannen zu essen.

"Was wolltest du mir eigentlich erzählen?", fragte ich kauend und sah ihn an.

"Aber es bleibt unter uns!", sagte er deutlich leiser, als es notwendig gewesen wäre. An den Nachbartischen saß niemand, doch Michael schaute sich kurz in jede Richtung um. Dann beugte er sich leicht nach vorn.

Sein Blick war eindringlich, und kauend nickte ich nochmals. 'Was kommt denn jetzt?', dachte ich gespannt. Seiner Reaktion nach zu urteilen, musste es etwas Hochbrisantes sein.

"Ich habe herausbekommen, dass der Geschäftsführer eine Geliebte hat", flüsterte er sichtlich zufrieden und sah sich erneut verstohlen nach rechts und links um. Es saß immer noch niemand an den Tischen.

"Wir haben drei. Welchen meinst du?"

"Na welchen wohl?" Es entstand eine kurze Pause, in der er mich erwartungsvoll ansah. "Der heilige Thomas natürlich", ergänzte er zufrieden, als meine Mutmaßung ausblieb.

"Und, sieht sie gut aus?"

Michaels irritierter Blick ließ keine Zweifel zu. Es war die falsche Frage. "Woher soll ich das wissen?", erwiderte er, und das wiederum verwunderte mich.

"Wie kommst du dann darauf?" Das schien die richtige oder doch zumindest eine bessere Frage zu sein, denn sein Blick hellte sich deutlich auf.

"Ich habe heute die Visa-Abrechnungen der Geschäftsführung gebucht", sagte er leise in meine Richtung und steckte sich ein neues Stück Currywurst in den Mund.

"Ja, und?", fragte ich und hatte keine Ahnung, worauf er hinauswollte.

Michael beugte sich ein Stückchen weiter in meine Richtung. "Mir ist dabei aufgefallen, dass er öfters zwei Mal am Tag vollgetankt haben soll. Ich sehe an den Belegen ja auch, wie viel, wo und wann er getankt hat", erklärte er mir noch leiser, als er so schon sprach.

"Das ist alles?" Vermutlich schaute ich gerade ziemlich verdattert zu ihm, denn sein Blick ließ Genugtuung erkennen. "Kann es sich nicht auch um einen Kreditkartenbetrug handeln?", fragte ich ebenfalls leise.

"Auf keinen Fall." Seine Stimme ließ keine Zweifel an der Erkenntnis zu.

"Wieso?"

"Die würden sich doch nicht mit einigen Tankfüllungen begnügen. Vergiss es!", meinte er selbstgefällig und schob sich zufrieden den nächsten Happen in den Mund.

"So fällt es aber nicht auf, falls die Betrüger wissen, wer die Karte normalerweise benutzt. In seiner Einkommensliga kann er sich die Tankfüllungen für eine Geliebte auch privat leisten. Das wäre auch der beste Weg, allein deshalb, weil es niemand bemerken würde. In seiner Position achtet man auf Diskretion."

Michael schüttelte leicht den Kopf, um meine Bedenken zu vertreiben. Wieder sah er sich kurz um, und unsere konspirative Mittagspause ging in die letzte Runde. Er beugte sich erneut in meine Richtung, griff mit dem Zeigefinger seiner linken Hand etwas unterhalb seines Auges und zog den Tränensack ein Stück nach unten. In dieser Position verharrte er zwei oder drei Sekunden. "Ich verbuche schon eine ganze Weile die Karten der hohen Herren. Glaub mir, ich kann eins und eins zusammenzählen", entgegnete er mir. Dann nahm er wieder seine normale Sitzposition ein und schob sich ein Wurststück sowie einige Pommes in den Mund. Zufrieden kaute er darauf herum. Sein Blick verriet, dass er auf eine anerkennende Antwort wartete.

"Und, was willst du jetzt machen?"

"Das weiß ich noch nicht. Mal sehen, wann man das mal brauchen kann? Seit dem Verkauf unserer Firma an die Amis sind unsere Jobs schließlich auch nicht mehr sicher."

"Wenn du meinst."

Schweigend aßen wir zu Ende und gingen anschließend zurück zur Arbeit. Kurz bevor wir das Bürogebäude betraten, appellierte er noch einmal an mich, das soeben Erfahrene unbedingt für mich zu behalten. "Schon klar", sagte ich. 'Ich hab schließlich nicht vor, mich zum Arsch zu machen', war der Gedanke, mit welchem ich das Thema innerlich abschloss.

Als ich wieder auf meiner Etage ankam, lief mir zufällig unser Haustechniker über den Weg. Wir begrüßten uns und rauchten an der Balustrade, die zum Notausgang führte, noch eine Zigarette.

"Weißt du schon das Neueste?", fragte er mich und ich schüttelte ahnungslos den Kopf. "Der Boss soll eine Geliebte haben", sagte er grinsend.

"Dir hat Flachzange also auch schon erzählt, dass er zweimal täglich tankt?"

Gelegenheiten

Carola stieg gut gelaunt aus dem Bus. Ihr Rucksack war nicht sehr schwer, und sie genoss den kurzen Spaziergang nach Hause bereits, bevor er begann. Diesen Weg ging sie täglich zweimal. Erst morgens und dann abends, wenn sie von der Arbeit kam. Sie wohnte mit ihrer Familie etwas außerhalb Berlins. Freunde und Kollegen beneideten sie um die Lage des Hauses in unmittelbarer Nähe des Sees.

Der Bus fuhr weiter und Carola ging langsam los. Es war ein schöner Freitagvormittag im Juli, und um diese Zeit ging sie normalerweise nie nach Hause. Je weiter sich der Bus entfernte, umso deutlicher nahm sie das Gezwitscher der Vögel wahr. In der alltäglichen Hektik, die sie sonst umgab, hatte sie kein Ohr dafür. Doch heute war das anders. Sie lächelte und lauschte dem Gesang dieses Orchesters.

Am nächsten Abzweig bog sie nach rechts. Durch die Bäume konnte sie bereits das Wasser des Sees leuchten sehen, auf dem sich die Sonne spiegelte. 'Gleich geschafft', dachte sie und ihre Schritte beschleunigten sich auf den letzten Metern ein bisschen. Endlich war sie da und öffnete das kleine Holztor, welches das Grundstück vom Weg abtrennte. Ihr Haus war das letzte vor dem See. Sie ging zur Haustür, schloss auf und wunderte sich, warum die Tür nur herangezogen, aber nicht abgeschlossen war. 'Hat er das mal wieder vergessen', dachte sie innerlich schmunzelnd und ging hinein.

Als sie die Tür hinter sich schloss, traf sie fast der Schlag. Sie hörte hektische Geräusche und ein überdeutliches: "Scheiße, meine Frau", klang aus Richtung des Schlafzimmers. Erst in diesem Moment sah sie die Jacke sowie die hohen Schuhe in der Garderobe. Diese Sachen gehörten ganz und gar nicht hierher. Wie versteinert verharrte sie einen Augenblick. Dann machte sie auf dem Absatz kehrt. Fluchtartig verließ sie das Haus und rannte die wenigen Meter bis zum See. Sie warf ihren Rucksack in das Ruderboot, das den ganzen Sommer über am kleinen Bootssteg lag. Sie benutzten es immer, wenn sie gemeinsam baden gingen. Doch die Kinder, sie hatten zwei Söhne, machten gerade Ferien bei den Großeltern.

Carola stieg hastig ein, und das Boot schaukelte dabei stark hin und her. Nur mit Mühe gelang es ihr, das Gleichgewicht zu halten, und als das Schlingern endlich nachließ, setzte sie sich, löste den Halteriemen und nahm ein Paddel in die Hand. Sie schob das Boot vom Steg ab, und nach wenigen Metern begann sie, auf den See zu rudern. In diesem Augenblick klingelte ihr Handy. Sie griff zum Rucksack und holte es heraus. Auf dem Display war die Nummer ihres Mannes zu sehen. "Leck mich!", schrie sie das Handy an. Es läutete trotzdem. Sie ergriff das Paddel wieder und ruderte hastig weiter.

Als sie etwa in der Mitte des Sees ankam, war sie zwar außer Atem, aber ihre Erregung deutlich geringer, als noch vor wenigen Minuten. Erneut klingelte es. Sie wusste, es konnte nur ihr Mann sein. Wahrscheinlich sah er sie sogar von einem der Fenster ihres Hauses aus. Doch Carola wollte seine jämmerlichen Entschuldigungen nicht hören und ignorierte das Klingelzeichen, welches scheinbar nie enden wollte. Plötzlich fragte sie sich, warum sie davongerannt war, anstatt im Flur zu warten. Wer war die Andere? Wäre es nicht besser gewesen, ihr in die Augen zu sehen und zu beweisen, dass sie nicht nur am falschen Ort, sondern auch mit dem falschen Mann zusammen war? Mit ihrem Mann. In ihrem Terrain. Doch dann dachte Carola an letzte Nacht, und die Verbitterung wich langsam aus ihrem Gesicht.

Das Seminar, zu dem ihre Firma sie nach Schwerin geschickt hatte, war immerhin ein voller Erfolg gewesen. Und das gleich in doppelter Hinsicht. Beruflich half es ihr weiter und ihrem Ego tat es auch gut. Sie hätte es nie für möglich gehalten, aber der junge Teilnehmer – er wohnte direkt in Schwerin und übernachtete daher nicht im Hotel – hatte sie umworben, wann immer sich eine diskrete Möglichkeit ergab. Die anderen hatten nichts bemerkt. Als dann gestern Nachmittag bekanntgegeben wurde, wegen einer kurzfristigen Verhinderung des Dozenten müsse der letzte Seminartag ausfallen, hatte sich die Gelegenheit ergeben. Der Galan, Tobias war sein Name und er gerade mal neunundzwanzig, hatte ihr vorgeschlagen, bei ihm zu übernachten. Niemand bekäme etwas mit, meinte er und hatte damit Recht. Die meisten Teilnehmer des Seminars nutzten den Ausfall des Dozenten, um einen Tag früher in ihre Heimatorte zurückkehren zu können.

'Warum eigentlich nicht?', hatte sich Carola gedacht und Tobias' Drängen rasch nachgegeben. Ihr Mann würde es nie erfahren. Sie fand es sehr reizvoll, mit ihren dreiundvierzig Jahren und als zweifache Mutter von einem deutlich jüngeren Mann plötzlich so umworben und begehrt zu werden. Als sie sich heute Morgen verabschiedeten, fühlte sie sich wenigstens zehn Jahre jünger. Und jetzt?

Carola machte es sich im Boot bequem und hielt ihr Gesicht in die Sonne. Die Strahlen verursachten ein leichtes Kribbeln auf ihrer Haut, und dieses Gefühl erinnerte sie an letzte Nacht. Sie bekam eine Gänsehaut, die, ähnlich zweier zärtlich streichelnder Männerhände, an ihrem Körper herabglitt. Carola kostete die noch vor wenigen Tagen längst vergessen geglaubte Erinnerung mit vollen Zügen aus, und ein verstohlenes Lächeln ließ ihr Gesicht dabei erstrahlen.

Aber sie musste auch nachdenken. Sollte sie sich trennen? Das Haus war noch nicht abgezahlt, und was würden ihre gemeinsamen Freunde oder die Kollegen sagen? Doch andererseits …?

Das Handy klingelte erneut und riss Carola aus ihren Gedanken. Sie wollte noch nicht mit ihrem Mann sprechen und sehnte erneut die Stille des Sees herbei. Endlich verstummte das lästige Signal. Carola entspannte sich wieder und durchlebte in Gedanken die letzte Nacht noch einmal.

Irgendwann drifteten ihre Überlegungen in eine andere Richtung und nahmen dabei nach und nach neue Strukturen an. 'Was du nicht weißt, macht dich nicht heiß', kam ihr plötzlich in den Sinn. Die Gelegenheit bot auch neue Chancen, und vielleicht war es klüger, diese geschickt zu nutzen und einer offenen Konfrontation lieber aus dem Weg zu gehen. "Er hat doch das schlechte Gewissen", murmelte sie leise, und spätestens jetzt stand für Carola fest, warum die Situation auch ein Segen war.

Als das Handy wieder klingelte, nahm sie das Gespräch an. "Ich will ehrliche Antworten!", sagte sie, noch bevor ihr Mann mit einer Entschuldigung ansetzen konnte. "Hast du ein Kondom benutzt?"

"Ja", antwortete er verlegen.

"Kenne ich sie?"

"Nein. Es war nur eine Zufallsbekanntschaft."

"Mit der du sofort ins Bett steigst? In unser Bett. Du nimmst eine völlig Fremde mit in unser Haus? Bist du so unzufrieden, dass du die erstbeste Gelegenheit nutzt und damit alles aufs Spiel setzt?"

"Nein, natürlich nicht ... Es tut mir leid ... Ich konnte ja nicht ahnen, dass ..."

"Ein Dozent ausfällt, und ich deshalb fast einen Tag früher nach Hause komme. Na toll. Weißt du, wie ich mich fühle? Diese Frau hat in meinem Bett gelegen. Kannst du mir verraten, wie ich das vergessen soll?"

"Ich weiß es auch nicht, aber es tut mir wirklich sehr, sehr leid."

"Und das soll ich glauben?" Carola hielt kurz inne. "Haben dich die Nachbarn mit ihr gesehen?", erkundigte sie sich.

"Nein, natürlich nicht."

"Das hoffe ich." Sie wartete einen Moment, und als die Stille für ihren Mann unerträglich wurde, sagte sie: "Wenn ich am Nachmittag nach Hause komme, dann tun wir so, als käme ich gerade vom Seminar zurück."

"Ja, mein Schatz, danke", stammelte ihr Mann und seine Stimme klang sichtlich erleichtert.

Immer wieder montags

Bertram saß vor dem Fernseher und schaute sich die Tagesschau an. Wie immer, zumindest in den letzten Wochen, wurde über PEGIDA berichtet. Und auch wie immer, wurden die Teilnehmer an diesen Protesten als Rechte, als Nazis, als ewig Gestrige beschimpft. Diese Art der Berichterstattung ärgerte ihn, und das lag nicht daran, weil er ein Anhänger dieser Bewegung war. Das war er ganz und gar nicht. "Wir sind das Volk." Mit dieser Losung verband er etwas, auf das er stolz war. Aber das war 1989 gewesen. Die Zeiten hatten sich seitdem geändert. So sah es zumindest auf den ersten Blick aus. Doch eines war unübersehbar. In beiden Fällen zog man verbal über die Demonstranten her. Damals war von Konterrevolutionären die Rede, und heute bediente man sich ähnlich klingender Klischees. Eine weitere Parallele fiel ihm auf, und spontan titelte er sie H und M, ohne dabei an die Handelskette billiger Massenmode zu denken. "Die Westimporte haben unserem Gebiet noch nie sonderlich gutgetan. Aber jedes Volk bekommt die Regierung, die es verdient", sinnierte er und erhob sich aus dem bequemen Fernsehsessel. Er ging in die Küche und holte sich ein Bier aus dem Kühlschrank. "Eine schöne, bereinigende Revolution, die den ganzen korrupten Dreck wegfegt, ist schon lange wieder überfällig", murmelte er, räumte dabei aber gleichzeitig ein, dass ein Volksentscheid das gleiche Ergebnis bringen könnte. "Deswegen gibt's auch keine", schlussfolgerte er und ging zurück ins Wohnzimmer.

Bertram nahm wieder in seinem Sessel Platz und verfolgte die Berichterstattung weiter. Der Moderator zog immer noch über die Teilnehmer der letzten Demonstration her und unterschlug, ohne mit der Wimper zu zucken, deren eigentlichen Beweggründe. Die Menschen hatten Sorgen und diese Sorgen trieben sie auf die Straße. 'Zu Recht', dachte er, ärgerte sich aber gleichzeitig über den Namen der Bewegung. '"Patriotische Europäer gegen die Islamisierung des Abendlandes." Was für ein Schwachsinn!', sinnierte er, und genau das war der Grund, warum er niemals an diesen Märschen teilnehmen würde. Aus seiner Sicht war diese angebliche Islamisierung nur die Folge einer verfehlten Integrations- und Bildungspolitik, aber selbst das stand für ihn jetzt nicht zur Debatte. Viel wichtiger war doch die Frage, was die Dogmatiker, die sich dieser Parole bedienten, wirklich über den Islam wussten. 'Höchstwahrscheinlich nicht viel mehr als nichts', überlegte er und erinnerte sich an seine Schwiegermutter, die er 1993 kennengelernt hatte. Bertram musste schmunzeln, als er an die damaligen Ereignisse dachte. Letztlich waren sie die Folge der Wende. Seit 1992 war er regelmäßig in die Türkei gereist, hatte allerdings nie einen Urlaub mit Hotel gebucht. Er wollte Land und Leute kennenlernen. Daher hatte er immer nur Flugtickets gekauft und vor Ort den Zufall darüber entscheiden lassen, wie es mit der Reise weiterging. So war es auch 1993 gewesen, als er bereits das siebente oder achte Mal nach Istanbul flog. Hier blieb er nur zwei Tage, und warum es ihn gerade dann nach Eskişehir verschlagen hatte, konnte er bis heute nicht sagen. Wahrscheinlich deshalb, weil es dort keine Touristen gab. Die Stadt lag im Landesinneren und bot auf den ersten Blick nichts, wofür die Reise sich gelohnt hätte. Doch das hatte sich schnell geändert, als er zum Frisör gegangen war.

Die junge Frau, die ihm die Haare schnitt, hatte ohne Unterlass geschnattert und gelacht. Obwohl er nur die Hälfte verstanden hatte – aber richtiger wäre zu sagen: schon die Hälfte –, genoss er es, ihr zuzuhören und vor allem, ihr zuzusehen. Ihre Augen sprachen Bände, und ihre Gestik und Mimik füllten die Teile der Sätze aus, die er noch nicht verstand. Sie hatte keinen Ring am Finger, und als er sie fragte, ob sie nach der Arbeit zusammen einen Kaffee trinken gehen, sagte sie: "Evet."

Von da an hatte er Selda jeden Tag im Salon besucht, war mit ihr abends essen gegangen und ertappte sich plötzlich dabei, Pläne zu schmieden. Ihr war es scheinbar genauso ergangen. Bei einem dieser Essen unterhielten sie sich darüber, wie es mit ihnen weitergehen sollte, und es zeichnete sich schnell die einzig vernünftige Lösung ab. Sie mussten heiraten. Doch das war leichter gesagt als getan. Bertram, Deutscher, Atheist und hoffnungslos verknallt, saß seiner Angebeteten, Türkin, Moslemin, Jungfrau und genauso hoffnungslos verknallt wie er, gegenüber.

"Nach unseren Sitten musst du einen Antrittsbesuch machen. Normalerweise mit deinem Vater. Er müsste mit meinem sprechen, und wenn er zusagen würde, fände noch am gleichen Abend die Verlobung statt", klärte sie ihn über die Traditionen auf.

"Mein Vater lebt in Deutschland und deiner ist seit 20 Jahren tot", antwortete Bertram, doch Selda lächelte und bat ihn, sofort die Rechnung zu bezahlen. Sie müssten gemeinsam zu einer Freundin fahren, und noch diese Nacht würde sich vieles, vielleicht sogar alles klären, sagte sie zu ihm.

So war es auch. Der Vater von Seldas Freundin hatte nach langer Diskussion angeboten, die Rolle des Antragstellers zu übernehmen und sofort geregelt, was an Geschenken gekauft werden müsse. Er hatte Bertram auch über die Details des morgigen Procedere aufgeklärt. Seine Braut hatte versprochen, ihre Mutter – sie war schon über siebzig und Selda das jüngste von zwölf Kindern – über den Antrittsbesuch zu informieren. Der Anstand gebot, dass dieser in jedem Fall stattfinden musste. Damit war die wichtigste Hürde genommen, und nun lag alles in Gottes Hand. Darin waren sich die Beteiligten fast alle einig. Bertram sah das ganz anders. Alles lag in der Hand einer 70-jährigen Frau, die seit 20 Jahren Witwe war, zwölf Kinder großgezogen und ein hartes, entbehrungsreiches Leben nach den Regeln des Islam gelebt hatte. Er kannte ihre Antwort, und auch sein neuer, temporärer Papa sowie seine, wahrscheinlich für immer unerreichbare, junge Braut teilten seine Bedenken. Die Chancen auf Zustimmung der Alten waren nicht wesentlich größer als Null. Ihre Ablehnung fast so sicher wie das Amen in der …, ja wo eigentlich? Eine Alternative sah niemand. Auch Selda nicht. Es ging also um alles oder nichts.

Am Abend des folgenden Tages war es soweit. Selda hatte ausnahmsweise pünktlich Feierabend gemacht und fuhr sofort nach Hause. Sie hatte bereits am Morgen ihre Mutter über den zu erwartenden Besuch informiert, und die alte Frau soll bedächtig genickt haben. Jetzt stand Bertram gebürstet und geschniegelt, so gut es seine Urlaubsgarderobe zuließ, vor der Wohnungstür der Angebeteten. Seine

Delegation bestand aus Seldas Freundin und deren Vater. Er wurde nochmals ermahnt, sich still zu verhalten, möglichst nichts zu sagen und die traditionelle Begrüßungsformel, einen Kuss auf die Hand der Mutter, die anschließend kurz an seine Stirn getippt werden musste, zu beachten. Aber nur die Mutter! So hatten sie es ihm tagsüber eingebläut, und mit Seldas Freundin hatte er es kurz geübt.

Bertrams Herz schlug deutlich schneller, als sein Delegationsleiter an der Tür klingelte. Selda öffnete, aber im Moment hatte Bertram keinen Blick für sie, obwohl es doch um sie ging. Er registrierte zwar, dass sie ein schickes Kostüm anhatte, doch er spürte auch ihre Anspannung. Aber zuerst war er dran. Selda stellte Bertram ihrer Mutter vor und vorbildlich befolgte er das Ritual.

Sie wurden alle in den Salon gebeten, und während die Sitzplätze eingenommen wurden, holte Selda den Tee und servierte ihnen allen. Dann setzte sie sich neben ihre Mutter. Bertrams Delegationsleiter überreichte die kleinen Geschenke, und die Mutter nahm sie freundlich lächelnd entgegen. Nach einigen einleitenden Worten begann die Verhandlung, und Bertram verstand nichts mehr. Einige Male hörte er den Mann seinen Namen sagen, sah die Mutter bedächtig nicken, und spürte auch Seldas Aufregung. Sie war ihr deutlich anzusehen. Ihr sonst so schelmischer Blick war verflogen und sie wirkte äußerst angespannt. Doch Bertram konnte momentan nichts weiter tun, außer zu warten und dann und wann freundlich zu lächeln, wenn sein Name erneut fiel und der Delegationsleiter auf ihn zeigte. Zeit also, um einen ersten genaueren Blick auf die Frau zu werfen, die über sein und Seldas Schicksal entscheiden sollte.

Sie hatte keine Zähne im Mund. Das fiel ihm zuerst auf.

Ein sehr dunkelrotes, fast schwarzes Tuch war um ihren Kopf und den Hals gewickelt. Hätte Bertram sie schätzen müssen, hätte er sie weit jenseits der 70 angesiedelt und sie für Seldas Oma anstatt für ihre Mutter gehalten. Die faltige, von der Sonne gegerbte Haut ließ auf ein arbeitsreiches Leben schließen, in dem es zahlreiche Entbehrungen gab und das seine Spuren in ihr Gesicht gemeißelt hatte. Aber ihre Augen, die waren lebendig und wachsam. Sie trug ein Kleid, das seine besten Tage lange hinter sich hatte, doch es war sauber und Bertram sich sicher, dass sie es nur selten trug. Bei besonderen Anlässen halt, und so ein Anlass war heute. Ihre jüngste Tochter, ihr jüngstes Kind überhaupt, wollte flügge werden und das hieß Abschied nehmen. Nicht für immer, aber doch für einen langen Zeitraum. Vielleicht zu lang aus ihrer Sicht.

Bertrams Blick schweifte etwas durch den Raum und er war überrascht, wie modern er eingerichtet war. Es war der Salon und damit der Raum, in welchem Gäste begrüßt und Feste gefeiert wurden. Der Ort, mit dem die Familie repräsentierte.

Plötzlich wurde Bertram aus seinen Gedanken gerissen. Die Alte hatte eine Frage und es war die unangenehmste Frage, die es im Moment gab.

"Bist du Moslem?"

"Nein." Bertram hielt kurz inne, und bevor die Alte weiterfragen konnte, fügte er hinzu: "Ich bin auch kein Christ. Ich bin Atheist."

Es herrschte schlagartig Stille. Kein Atmen, kein noch so kleines Geräusch, das diese Stille durchbrach. Nur der alles durchdringende Blick der Alten ruhte auf ihm. Sie sah Bertram lange in die Augen. Ihr Gesicht wirkte versteinert. Keine Regung, kein noch so kleines Blinzeln oder Zucken verriet, was in ihr vorging. Und nicht nur sie, alle saßen wie versteinert und warteten auf das, was jetzt unausweichlich kommen musste.

Plötzlich lächelte sie. "Es ist egal, ob jemand Moslem, Christ oder, so wie du, Atheist ist. Entscheidend ist das Herz, das in einem schlägt, und ich sehe, du hast ein gutes. Eine Frage habe ich allerdings noch. Bist du beschnitten?", erkundigte sie sich bedächtig.

"Nein, bin ich nicht."

"Wenn ich dir meine Tochter gebe, dann versprich mir, dich beschneiden zu lassen."

Das hatte Bertram getan und damit war die Entscheidung gefallen. Selda hatte ihrer Mutter hoch und heilig versprechen müssen, die Ehe unbefleckt anzutreten und, was viel wichtiger war, erst nach Bertrams Beschneidung mit ihm intim zu werden. Sie versprach es und ihre Verlobung fand noch am selben Abend statt. Die Hochzeit war sechs Wochen später.

Bertram schmunzelte. Diese alten Erinnerungen übten auch heute noch eine große Faszination auf ihn aus. 'Selbst die Beschneidung war nicht so schlimm, wie ich dachte. Wovor hatte ich eigentlich Angst?', überlegte er und konzentrierte sich wieder auf die Tagesschau. Der Nachrichtensprecher hatte mittlerweile seine Tiraden beendet. Spontan schoss Bertram ein Gedanke durch den Kopf. 'Fetiye for President', dachte er und war sich plötzlich sicher, das Alter war doch ein Verdienst. Allerdings eines, welches auch mit viel Verantwortung verbunden war.

Nach der Wettervorhersage schaltete er den Fernseher aus und sah auf die Uhr. 'Viertel nach acht', dachte er und stand auf. Er ging in die Küche und begann, das Abendessen zuzubereiten. Gegen neun würde seine Frau nach Hause

kommen und sich freuen, wenn er sich bereits darum gekümmert und ihr damit eine Arbeit abgenommen hätte.
"Türkische Traditionen hin oder her. Sie steht den ganzen
Tag im Salon und hat sich etwas Erholung am Abend verdient."

Die Bewahrung des Glücks

Marta saß in der Wohnung und sah sich um. Das hatte sie bereits in den letzten Tagen des Öfteren getan, aber niemals allein. Stets war ihr Mann dabei. Nicht, dass es sie gestört hätte. Das Gegenteil war der Fall. Sie genoss seine Nähe, seine Küsse, seine Berührungen. Doch nun galt es, ihr neues Reich in Besitz zu nehmen. Stück für Stück zumindest, denn heute Abend gegen achtzehn Uhr würde er zurückkehren. So sollte es von nun an täglich sein, außer an den Wochenenden. Da hatte er frei. Marta freute sich bereits darauf, obwohl es gerade einmal Montagmorgen war, und ihr Mann die Wohnung erst vor einer halben Stunde verlassen hatte.

Sie stellte die leeren Kaffeetassen, die zwei Teller und das Besteck ihres gemeinsamen Frühstücks in die Spüle und sah sich in der Wohnküche um. Ihr Blick fiel automatisch auf die terrakottafarbige Wand, und ein leichtes Schmunzeln verriet, wie sie sich über das Stück Heimat freute. Diese Heimat bestand im Moment aus einigen wenigen Bildern, die sie mitgebracht und die ihr Mann bereits vor einer Woche – da hatte er noch frei – an der Wand befestigt hatte. Marta war darüber sehr glücklich gewesen und ihr Mann scheinbar auch. So sah es jedenfalls aus, als er sie nach der

Montage der Bilder gefragt hatte, ob sie mit deren Anordnung zufrieden sei. Das war sie und hatte ihn geküsst.

Seitdem hatte sie an ihrer jungen Ehe nichts auszusetzen. Die Verständigung im deutschen Alltag haperte zwar etwas, aber spätestens, wenn der Sprachkurs beginnen würde, sollte sich auch das ändern. Das hatte ihr Mann versprochen. Bis dahin war noch Zeit, und diese Wochen des Wartens wollte – ja musste! – Marta nutzen, um das Beste aus ihrer Beziehung zu machen. Mit dem Glück war es schließlich so eine Sache. Es kam und ging wie es wollte, und genau das galt es zu verhindern. Es war zu ihr gekommen, und wenn das nun schon einmal der Fall war, dann sollte es gefälligst auch bleiben. Das war doch das Mindeste, was Marta vom Glück erwarten konnte. Schließlich war sie auch bereit, ihm, dem Glück, auf die Sprünge zu helfen. Nicht damit es kam, das war bereits geschehen, aber damit es blieb. Bei ihr. Doch wie sollte sie das anstellen? Marta war etwas ratlos. Sie brauchte Inspirationen, kleine Hilfestellungen, die dafür sorgten, die heile Welt des Augenblicks auch in Zukunft heil zu belassen.

Sie schlenderte von der Küche in den Flur und öffnete nach und nach alle Türen, die in die anderen Zimmer führten. Es waren drei. Als Marta sie vor einer Woche das erste Mal gesehen hatte, gefielen sie ihr auf Anhieb. Das war auch heute noch so. Nur die vier Papyrusbilder im Flur, die irgendwelche obskuren Darstellungen von Gottheiten zeigten, bereiteten ihr Unbehagen. Die seien aus Ägypten, hatte ihr Mann gesagt und wie nebenbei erwähnt, er habe sie vor einigen Jahren von einer Reise mitgebracht. Und er schien viel gereist zu sein. Nicht nur nach Ägypten. Die Whiskyflasche im Regal, gefüllt mit zwei jungen Kobras, stammte aus Laos. Die Kokosnuss, die als lustiger Affe auf ihrem Platz neben dem Fernseher thronte, irgendwo aus der Karibik. Der quadratische Glaskubus mit dem Empire-State-Building im Inneren aus New York, eine kleine Glasmoschee aus Istanbul.

Marta sah sich die Sachen genau an. Sie war noch nie herumgekommen und hatte auch noch nie ihr Land verlassen. Im Grunde genommen noch nicht mal die Stadt, in der sie gewohnt hatte, wenn man von den kleinen Ausflügen an einigen Wochenenden absah. Genau in dieser Stadt hatte sie ihren Mann kennengelernt und ihn ein halbes Jahr später auch dort geheiratet. Die Reise zu ihm – in der deutschen Botschaft nannten sie es Familienzusammenführung – war ihre erste Reise, die den Namen Reise wirklich verdiente. Allein der Flug dauerte über zwölf Stunden.

In den Tagen davor hatte sie sich mit ihren Freundinnen getroffen. Sie beteten zusammen und vollzogen einige Rituale, die dafür sorgen sollten, ihr Glück dauerhaft zu sichern. Ihre Freundinnen gaben ihr auch die Erfahrungen mit auf den Weg, die sie in ihren Ehen gesammelt hatten, und dazu gehörte in erster Linie die Erkenntnis, dass sie ihre Männer glücklich machen mussten. Dazu war Marta auch bereit. Wobei sie sich darüber gewundert hatte, als ihr Mann bereits vor der Hochzeit vorschlug, eine Schwangerschaft nicht zu überstürzen. Sie solle erst einmal ankommen, hatte er gesagt. Alles Weitere würde sich später finden. Als sie sich in seinem Beisein das Verhütungsmittel injizieren ließ, wirkte er zufrieden. Aber warum? Gab es etwas, von dem sie noch nichts wusste? Vielleicht kleine Details aus seiner Vergangenheit, die ihr Glück bedrohten. Was, wenn er ihr nicht ganz die Wahrheit gesagt oder etwas Bedeutendes verschwiegen hatte?

Als sie sich kennengelernt hatten, erwähnte er, geschieden und Vater eines Sohnes zu sein. Dieser wüchse bei seiner Ex-Frau auf. Als er sie gefragt hatte, warum sie nicht verheiratet sei, hatte sie geantwortet, der Richtige wäre halt noch nicht dabei gewesen. Das entsprach sogar der Wahrheit. Nicht erzählt hatte sie ihm, dass ihre Tochter in dem Dorf lebte, in das sie an den Wochenenden manchmal fuhr. Aber er hatte sie nicht danach gefragt, und die zwei bis drei Treffen im Jahr waren keine Erwähnung wert. Jedenfalls nicht aus ihrer Sicht, denn schließlich sah man ihr das Kind nicht an. Ihre Brüste und die Haut waren straff, ihr Körper schlank und … Nun ja, sie war noch eng genug. Kein Grund zur Panik also. Irgendwann würde sie es ihm vielleicht sagen und falls nicht, ihrer Mutter weiterhin regelmäßig Geld schicken, damit ihre Tochter versorgt und das kleine Geheimnis gewahrt bliebe.

Jetzt galt es, die Wirkdauer der Injektion – immerhin drei Monate – zu überbrücken und Schaden von ihrem Glück fernzuhalten. Wenn erst ihr Sohn zur Welt käme, und davon war Marta überzeugt, dann würde alles perfekt werden. Das hatte ihr auch die dicke, unverheiratete Eheberaterin erzählt, die ihren 30-jährigen Sohn zwar noch nicht unter die Haube bringen konnte, weswegen er noch bei ihr wohnte, aber ansonsten recht erfolgreich zu sein schien. Aber vielleicht wollte sie ihn auch gar nicht unter die Haube bringen, denn niemand mochte das Alleinsein. Als sie von Martas Freundinnen erfuhr, dass sie bald heiraten würde, bot sie sofort ihre Hilfe bei den Formalitäten an und vergaß nicht, mehrfach zu erwähnen, der angebotene Preis decke gerade einmal ihre Unkosten und im Normalfall wäre ihre Kompetenz nicht so billig zu haben. Doch der Freundin zuliebe ließe sie sich darauf ein und naja, man kenne sich halt schon eine Ewigkeit und ein bisschen fühle sie sich in der Mutterrolle. Ihr zukünftiger Mann, dies war er vor sechs Wochen immer noch, hatte dankend abgelehnt, sie aber trotzdem, auf Martas Bitte hin, zur Hochzeitsfeier eingeladen. Auch gegen das Foto, welches sie zu dritt zeigte, sagte er nichts, verriet seiner Frau aber später im Bett, er vermute, die dicke Eheberaterin würde es als ihren Vermittlungserfolg präsentieren. Aber das alles war momentan unwichtig.

Sie betrat das Wohnzimmer und ging zum Sideboard, welches neben der Vitrine stand. Sie öffnete die rechte Tür und sah die kleine Schallplattensammlung ihres Manns. Einige Hüllen zog sie heraus und betrachtete sie. Die Namen der Künstler sagten ihr nichts und höchstwahrscheinlich würde sie diese sowieso falsch aussprechen. Sie stellte sie zurück und schloss die Schranktür wieder. Dann zog sie das oberste Schubfach auf. Die Dokumente, die sich darin befanden, verstand sie nicht und lustlos schob sie das Fach wieder zu. Beim zweiten Schubfach jedoch leuchteten ihre dunkelbraunen Augen. Mehrere Fotoalben lagen darin, und Marta hatte Zeit und Lust, sich diese genauer anzusehen. Sie nahm sie heraus, legte sie auf den Tisch, der vor der bequemen Couch stand und setzte sich.

Das erste Album führte sie nach Asien, und sie sah automatisch zur Whiskyflasche. Ein leichter Schauer des Ekels erfasste sie und sorgte dafür, dass sie das Album schnell durchblätterte. Wen interessierten schon Pagoden? Wenig später schob sie es beiseite und griff nach dem nächsten. Bilder mit Stränden voller Kokospalmen waren darin zu sehen, Marktplätze, Menschen in Kostümen, Festumzüge, karibisches Flair. Mitten im Album lagen einige lose Fotos und Marta betrachtete diese genauer. Die Fotos hatten sich nicht gelöst, sondern lagen zusätzlich zwischen den Seiten.

Man sah eine schlanke Frau mit langen schwarzen Haaren und nur einem sehr knappen Bikini bekleidet am Strand. Sie hatte in die Kamera gelächelt und es gab gleich drei Bilder von ihr. Außerdem zwei weitere Aufnahmen, die eine attraktive Schwarze zeigten. Auch sie war schlank, hatte große feste Brüste und Rasterzöpfe, die bis zur Hüfte reichten. Ihr Lächeln war äußerst charmant. Marta nahm die fünf Fotos heraus und legte sie auf den Tisch. Die restlichen Seiten des Albums waren in Ordnung und Marta wieder etwas beruhigt. Zufrieden legte sie es zurück auf den Tisch und griff nach dem letzten.

Als sie es öffnete, traf sie fast der Schlag. Auf jeder Seite war wenigstens ein Bild einer blonden Frau zu sehen. Stets lächelte sie in die Kamera und posierte auffällig erregend. Marta empfand das so. Viel schlimmer jedoch war eine andere Tatsache. Die Fotos waren in Ägypten gemacht worden. Marta erkannte sofort einige Details der Papyrusbilder aus dem Flur wieder und damit auch die drohende Gefahr. Jeden Tag, wenn ihr Mann durch den Flur ging, wurde er an diese Frau erinnert. An die Zeit mit ihr, an die Reise mit ihr und damit sicherlich an vieles mehr. Diese obskuren Götter auf den Bildern hatten vielleicht sogar die Macht, ihr Glück zu bedrohen. Konnte sie das ausschließen? Mit Sicherheit nicht! Marta musste den Bann brechen und dafür gab es nur einen Weg. Ihre Freundin hatte ihr das noch vor zwei Wochen gesagt. Sie müsse das Andenken der Verflossenen beseitigen, die Erinnerungen an diese Hexen auslöschen, hatte sie Marta eindringlich ermahnt.

"Manchmal…." Ihre Freundin hatte gestockt und es noch nicht ausgesprochen, sondern sich ängstlich bekreuzigt. "Manchmal verhexen solche Frauen die Wohnung, weil sie nicht wollen, dass er wieder glücklich wird", hatte sie dann

104

geflüstert und noch einmal das Kreuzzeichen auf ihrer Brust gemacht und versprochen, am Sonntag zehn Ave Maria zu beten und eine Kerze anzuzünden.

Hatte er, ihr rechtmäßig angetrauter Ehemann, das Fotoalbum deshalb nicht hervorgeholt, um es ihr zu zeigen? Immerhin hatte er eine Woche Zeit dafür. Verheimlichte er gar etwas vor seiner Frau? Vor ihr? Oder, und das wäre das Schlimmste, war er unglücklich mit ihr? Marta dachte nach, und falls ihre Freundin Recht hatte, dann konnte sie ihm keinen Vorwurf machen. Woher sollte er denn wissen, dass er verhext war, und sollte sie es ihm sagen? Sie überlegte eine Weile und stellte sich vor, wie er auf die Nachricht reagieren könnte. Höchstwahrscheinlich würde er lachen. Er glaubte nicht an Gott, und damit stand für sie fest, er konnte gar nicht begreifen, in welcher Gefahr sie schwebten. Durfte sie ihm deswegen böse sein? Natürlich nicht!

Hektisch zog Marta alle Fotos aus dem Album, die diese Frau zeigten. Dabei spürte sie, wie ihre Fingerspitzen heiß wurden. Nicht so heiß, dass es Schmerzen verursachte, aber heiß genug, um zu wissen, gerade das Richtige zu tun. Außerdem: Waren die meisten Hexen nicht blond? Marta bekreuzigte sich, bevor sie die Fotos zerriss, und während sie das tat, sagte sie immer das gleiche Gebet auf. Sie wiederholte es immer und immer wieder, bis es nichts mehr zu zerreißen gab, so klein waren die Schnipsel mittlerweile. Jetzt mussten sie nur noch verbrannt werden. Einen Ofen gab es in der Wohnung nicht, und Marta legte die konfettigroßen Stückchen auf ein Backblech, das sie schnell aus der Küche holte und ging damit auf den Balkon. Sie zündete das Häufchen an, und während es abfackelte, bekreuzigte sie sich mehrmals und dankte Gott für seine Hilfe. Ohne ihn hätte sie die Bilder nie gefunden. Er hatte Marta gelenkt und geleitet, mit seiner Weisheit und Güte sie, aber auch ihren ungläubigen Ehemann, vor der Verderbnis bewahrt. Seine Wege waren halt unergründlich und seine Gnade grenzenlos. Fast.

Marta beseitigte die Überreste des erlösenden Feuers und räumte auch die Fotoalben zurück an ihren Platz. Als sie einige Minuten später wieder durch den Flur in die Küche ging, spürte sie, wie stark die magische Wirkung der Papyrusbilder bereits nachgelassen hatte. Spätestens am Abend dürfte sie ganz vorbei sein, dessen war sie sich nun sicher.

Zufrieden bereitete sie sich einen Kaffee zu, und als sie ihn getrunken hatte, betete sie noch einmal und begann anschließend, das Abendessen vorzubereiten. Bald würde ihr Mann nach Hause kommen. Er würde sie umarmen, sie küssen, mit ihr gemeinsam essen und mit ihr schlafen, nichtsahnend, wem er dieses Glück zu verdanken hatte.

"Dios bendigo", flüsterte Marta und zündete sicherheitshalber doch noch eine kleine Kerze an.

Gewohnheiten

Peter ging in sein Arbeitszimmer und sah kurz aus dem Fenster. Der Blick auf das Nachbargrundstück bestätigte ihm: Etwas war anders heute! Seine Nachbarn, die Boisenbergs, lagen bei diesem herrlichen Sommerwetter immer auf ihren Liegestühlen. Das war immer so, und darauf war Verlass.

Irritiert schaute Peter auf seine Armbanduhr und warf zusätzlich noch einen Blick auf den Monitor, der auf seinem Schreibtisch stand. Beide zeigten dieselbe Zeit an. Viertel vor elf und damit viel zu spät für das sich alltäglich wiederholende Schönwetterritual seiner betagten Nachbarn. Eine Veränderung fiel ihm auf, als er nochmals aus dem Fenster blickte. Die Liegestühle standen nicht dicht nebeneinander, sondern der Stuhl, auf dem sonst immer sein Nachbar saß, war stark verrückt und stand dem anderen fast gegenüber. "Worüber mache ich mir eigentlich Gedanken?", murmelte er leise und gab sich sofort selbst die beste Antwort. "Das sind erwachsene Leute. Die können ihre Liegestühle hinstellen, wie sie wollen." Er setzte sich an den Schreibtisch und versuchte, mit der Vorbereitung seiner Präsentation zu beginnen. Er musste sie bis Montag fertig stellen. Unwillkürlich ertappte er sich dabei, in regelmäßigen Abständen einen flüchtigen Blick aus dem Fenster zu werfen. Die ungewohnte Kulisse blieb unverändert, und nach einer Weile dachte er plötzlich: 'Die sind schon alt. Nicht, dass irgendeinem etwas passiert ist?' Doch auch dafür gab es eine beruhigende Antwort. 'Ein Krankenwagen wäre schon lange hier', überlegte er und sah wieder auf die Uhr.

Angestrengt versuchte er, mit der Arbeit zu beginnen. Die Ideen, die sonst wie selbstverständlich aus ihm heraussprudelten, blieben im Moment aus, und eine innere Unruhe machte sich unmerklich in ihm breit. Auch wenn er es niemals freiwillig zugäbe, er mochte die beiden Alten von nebenan, die stets ein Lächeln auf den Lippen und ab und an sogar eine kleine Überraschung für seine Kinder übrighatten. 'Vielleicht sind sie einkaufen gefahren', überlegte er und wusste genau, es war nicht der Fall. 'Ich hätte das Auto gehört und das quietschende Tor auch.'

Wieder versuchte Peter, sich auf die Präsentation zu konzentrieren. Es gelang ihm nicht. 'Dann hätte Ulrike mit den Kindern auch zu Hause bleiben können', stellte er resigniert fest. Obwohl erst eine Dreiviertelstunde in seinem Arbeitszimmer, entschloss er sich, jetzt schon nach unten zu gehen und eine Raucherpause zu machen. Dabei kamen ihm die Worte seiner Frau in den Sinn, als sie heute Morgen mit den Kindern losfuhr. "Damit du in Ruhe arbeiten kannst, mein Schatz", hatte sie gesagt, und genau daran war gerade nicht zu denken. Peter ging in den Flur, nahm die angefangene Schachtel Zigaretten aus der Innentasche seines Jacketts und beschloss, nach der Zigarette bei seinen Nachbarn zu klingeln und nach dem Rechten zu sehen. Der Weg auf die Terrasse führte ihn durch die Küche, und dort griff er im Vorbeigehen geschickt nach dem Gasanzünder.

Draußen angekommen, setzte er sich auf einen der Stühle, die um den Terrassentisch standen und zündete die Zigarette an. Unwillkürlich schielten seine Augen dabei in Richtung der Liegestühle auf dem Nachbargrundstück. Tiefer als sonst zog er den Rauch ein, und da es seine erste Zigarette des Tages war, musste Peter husten. Vom Husten begannen ihm sogar die Augen zu tränen. Automatisch hielt er sich seine Hand vor den Mund, und nach einigen Sekunden ließ der Hustenanfall endlich nach. Er wischte sich die Tränen mit dem Handballen weg und machte seinen nächsten Zug am Glimmstängel. Diesmal zog er nicht so heftig, und seine Lunge dankte es ihm. 'Dreckszeug', dachte er, doch paffte nervös weiter.

Die Zigarette war noch nicht aufgeraucht, als plötzlich Geräusche vom nebenan an seine Ohren drangen. Das Garagentor wurde geöffnet, und einige Sekunden später hörte er den Motor des Autos der Boisenbergs anspringen. Der Klang war unverkennbar. Der Wagen fuhr einige Meter nach vorn, und endlich konnte Peter ihn sehen. Seine Nachbarn saßen darin. Der große Kombi hielt wieder, und die beiden stiegen gutgelaunt aus. Peter stand auf und winkte in ihre Richtung.

"Hallo Peter, wie geht's dir?", fragte Herr Boisenberg und ging weiter zu den Liegestühlen.

"Gut. Und selbst?", erwiderte er und sah dabei zu, wie sein Nachbar kurz den Daumen nach oben hielt und dann umständlich die Liegestühle zusammenklappte. Seine Frau half ihm dabei.

"Ich hab euch heute schon vermisst", sagte Peter, der seine Neugier kaum zügeln konnte, aber auch nicht direkt fragen wollte.

"Wir packen nur noch die Liegestühle ein, und dann geht es nach Skandinavien. Die Hitze hier ist unerträglich, deswegen haben wir uns kurzfristig entschlossen, ein hübsches Ferienhaus in Schweden zu mieten. Heute Abend geht schon die Fähre."

"Dann wünsch ich euch eine gute Reise. Sollen wir euren Briefkasten leer machen?"

"Daran haben wir auch schon gedacht. Hier ist der Schlüssel." Seine Nachbarin reichte ihm ein Kuvert über den kleinen Zaun.

"Im Kuvert?"

"Wir dachten, ihr seid nicht zu Hause und wollten ihn in euren Briefkasten stecken. Unsere Handynummer für den Notfall steht auch drin, und wundere dich nicht, wenn jemand den Rasen sprengen kommt. Hätten wir gewusst, dass du doch da bist, hätten wir dich noch schnell auf einen Kaffee eingeladen. Aber deine Jungs waren heute noch nicht im Planschbecken, und wir waren uns auch sicher, euch losfahren gesehen zu haben."

"Das war Ulrike. Sie ist mit ihnen zum Baden gefahren. Ich habe etwas Dringendes bis Montag vorzubereiten und kann so in Ruhe arbeiten."

"Dann war es ja gut, dass wir dich nicht gestört haben. Wir sind auch gleich weg."

"Wie lange bleibt ihr in Skandinavien?"

"Drei Wochen."

Peter wünschte seinen Nachbarn eine gute Fahrt. Dann sah er zu, wie Herr Boisenberg etwas umständlich die Liegestühle im Auto verstaute, den Wagen vom Grundstück fuhr und seine Frau währenddessen das quietschende Tor verschloss. Ein letztmaliges Winken, dann fuhren die beiden los. Er sah ihnen nach und ertappte sich dabei zu hoffen, sie würden wohlbehalten zurückkehren. 'Es ist schon erstaunlich, wie man sich an jemanden gewöhnen kann', sinnierte er. Zum ersten Mal fiel ihm auf, dass seine Kinder immer Oma und Opa Boisenberg zu den beiden sagten.

Die Schleife

"Stell dich nicht so an!", sagte die Mutter scharf und hockte sich vor ihren 4-jährigen Sohn, der betroffen zusah, wie sie ihm die Schnürsenkel zuband. "Du wirst jetzt endlich lernen, Schleifen zu binden. Ich habe nicht die Zeit und auch keine Lust, dir ständig deine Schuhe zumachen zu müssen. Die anderen Kinder aus deiner Gruppe können das doch auch schon", ermahnte sie ihn, und ihre Stimme klang gerade alles andere als freundlich. Dabei schaute sie auf die Uhr, die an der Wand hing. "Deinetwegen komme ich noch zu spät zur Arbeit", ergänzte sie vorwurfsvoll und sah mit verkniffenen Augen kurz zu ihm.

"Die anderen Kinder haben aber Schuhe mit Klettverschluss", erwiderte Tobias traurig und hoffte, seine Mutter würde sich endlich erweichen lassen, ihm auch solche Schuhe zu kaufen.

"Das ist mir egal", entgegnete sie barsch. "Du hast das zu lernen, und wenn es dir nicht passt, dann kannst du gern deinen Vater am Wochenende fragen, ob er dir welche kauft."

"Aber dann meckerst du mit Papa, wenn er das macht", antwortete Tobias resigniert und beschloss, sich von ihm lieber das Schleifenbinden beibringen zu lassen.

Der Koffer

Quietschend fuhr die U-Bahn ein. Der riesige Wurm hielt, öffnete sein Maul, dem Hunderte – ameisengleich – entwichen, die sich auf abgetretenen Pfaden auf den Weg machten, hastig eilend, manche hetzend, doch die meisten gleichmäßig schnell. Von unten nach oben, von der hell erleuchteten Tiefe ins Licht, ihrer Bestimmung folgend zu der Stelle, wo der nächste Wurm aus Stahl nicht auf sie wartete, sondern seine Reise unbeirrt fortsetzt, wenn sie nicht rechtzeitig bereitstanden. In dem Gewirr von Gängen teilte sich der Strom der Gehetzten, verringerte sich die Zahl der Eilenden für einen Moment, um wenige Augenblicke später erneut andere Eilende in sich aufzunehmen, die aus anderen, ebenfalls abgetretenen Pfaden zu ihnen stießen. Alle rastlos, darauf hoffend, den nächsten Zug nicht zu verpassen, um ihrer Bestimmung weiter folgen zu können.

Berlin-Alexanderplatz, Bahnhof und Haltestelle, Knotenpunkt, Treffpunkt, Drehkreuz und Verteilstation, Wahrzeichen alter neuer Geschichte und imaginärer, zugleich steriler Ort für neue Geschichten.

Aller guten Dinge sind bekanntlich drei, und bei den schlechten schien es nicht anders zu sein. Davon ahnte

Holger noch nichts, als er die Straßenbahn verließ, um die wenigen Meter zum Eingang des S-Bahnhofs zu eilen. Es regnete leicht, und so lohnte es nicht, den Regenschirm für die paar Schritte zu öffnen. Die anderen Fahrgäste sahen das scheinbar genauso. Der kleine Menschenstrom ergoss sich für wenige Sekunden zwischen den beiden Haltestellen. Im Trockenen angekommen, verteilten sich die Leute nicht, sondern eilten weiter zur Rolltreppe, die sie nach oben auf den Bahnsteig beförderte. Es war halb acht. Ein Dienstagmorgen wie an jedem anderen Tag zwischen Montag und Freitag. Der Tross zog hier entlang, um sich auf die Büros der Stadt zu verteilen. Bahnhof Alexanderplatz. Weiterfahrt: Charlottenburg über Friedrichstraße.

Holger hatte sich in etwa auf die Mitte des Bahnsteigs begeben. Hier standen die Menschen nicht ganz so dicht gedrängt wie an den Enden, wo sich die Rolltreppen befanden. Holger harrte aus. Genau wie hunderte andere, die sich innerhalb kürzester Zeit auf dem Bahnsteig sammelten.

Noch vier Minuten, so tröstete die Anzeige die stumm vor sich hin Wartenden, dann würde der nächste Zug einrollen. Ganz nebenbei registrierte Holger, wie es um ihn herum enger wurde, als er es normalerweise an dieser Stelle gewohnt war.

Noch drei Minuten versprach die Anzeige, und die Enge nahm weiter zu, mit ihr die Bedrückung, die Holger empfand. Instinktiv sah er sich um und bemerkte die menschenleere Stelle nur wenige Meter von ihm entfernt. "Entschuldigung", sagte er und schob sich an mehreren Leuten vorbei, genau auf die Stelle zu. Je näher er ihr kam, desto schwerer wurde sein Vorwärtskommen, obwohl Holger das Gefühl hatte, ihm würde bereitwillig Platz gemacht. "Wollen Sie zu Ihrem Koffer?", fragte eine ältere Dame ihn plötzlich leise.

Ihre Stimme wirkte ängstlich, doch ihre Augen ließen die Hoffnung auf die richtige Antwort erkennen.

Noch zwei Minuten verkündete die Anzeige stumm von oben herab, und Holger dachte sich nichts dabei, als er fragte: "Welcher Koffer?"

"Na der dort. Ich hatte gehofft, es ist Ihrer", sagte die ängstliche Dame und vergaß nicht im Flüsterton zu ergänzen: "Hoffentlich kommt der Zug, bevor die Bombe explodiert." Ihre Augen harmonierten wieder mit ihrer Stimmlage.

Schlagartig sah Holger ihn. Ein Aktenkoffer, etwas unterhalb einer der wenigen Bänke abgestellt. Herrenlos und verlassen stand er da und seine magische Wirkung schuf, gleich zweier magnetisch identischer Pole, einen menschenleeren Kreis um ihn herum. Doch die ängstliche Dame hatte nicht leise genug geflüstert, vielleicht aber doch, denn die Stelle war immerhin schon menschenleer und es nur eine Frage der Zeit, bis die angestaute Angst einiger in die Panik aller umschlagen würde.

Die Anzeige wechselte auf eine Minute, als eine Frau es nicht mehr aushielt. "Eine Bombe!", schrie sie hysterisch.

Wie angewurzelt stand Holger da und beteiligte sich am verzweifelten Trieb der Herde, den Ausgängen zuzustreben, nicht. Es würde wahrscheinlich sowieso nichts mehr nützen. „Aller guten Dinge sind drei", dachte er und bemerkte, wie seine Hoden auf die Größe von Liebesperlen schrumpften. Wieder einmal. Innerhalb weniger Sekunden zogen zwar nicht sein ganzes Leben, aber zumindest die damaligen Ereignisse an ihm vorbei. Mitte der neunziger Jahre in Istanbul: Die Wahlen fanden gerade statt. Er saß in einem Straßencafé, als die Bombe explodierte. Weit genug entfernt, um nicht verletzt zu werden, aber nah genug, um alles hautnah mitzubekommen. Er hatte Glück gehabt. Zehn

Jahre später in Bogota war es genauso. Holger war unterwegs zum "Centro Andino". Wäre er eine Minute früher auf das Parkdeck des mondänen Einkaufstempel gefahren, hätte die Bombe der FARC, versteckt im Kofferraum eines abgestellten Autos, höchstwahrscheinlich auch ihn hinweggerafft. "So endet es also, mein Leben in großen Städten." Diese Gewissheit war so klar und deutlich wie das quietschende, ohrenbetäubende Geräusch des plötzlich abbremsenden Zuges, der gerade in den S-Bahnhof einfuhr. Doch die Notbremsung half nicht mehr allen.

Die Anzeige sprang auf null, und just in diesem Moment tat sie das auch für drei, vor Kurzem noch zur Arbeit fahrende Menschen. Zwei von ihnen waren durch die panisch herausdrängenden Massen ins Gleisbett gestoßen und vom Zug überrollt, der Dritte am Ende der Rolltreppe zertrampelt worden. Das entsprach genau dem Willen des Lebens, die eigene Art im Schwarm zu schützen. Doch das menschliche Denken hatte dafür den Begriff Kollateralschaden erfunden. Die Explosion blieb aus, der Bahnhof leerte sich weiter und Holger half einer verzweifelten jungen Frau noch aus dem Gleisbett, bevor auch er – mittlerweile problemlos – den Bahnsteig mit ihr verlassen konnte. Sie humpelte, was ihr Fortkommen nicht schneller machte, aber die unmittelbare Gefahr schien gebannt zu sein, als sie am Ende der Rolltreppe und damit eine Etage tiefer, ankamen. Bereits hier würde ihnen die Bombe, sollte sie noch explodieren, nichts mehr anhaben können. Zu klein war der Koffer, zu groß die Distanz, um noch in Gefahr zu schweben.

Endlich erreichte Holger mit seinem Schützling den Ausgang des S-Bahnhofs. Es wimmelte bereits vor Polizisten. Was ihm sofort auffiel, war die veränderte Geräuschkulisse, die ihn umgab. Wobei es nicht stiller war, obwohl die Geräusche der sonst vorbeirauschenden Fahrzeuge fehlten. Sie wurden ersetzt vom Raunen einer neugierigen Spezies, dem Homo Perplexis. In sicherem Abstand warteten sie und es hallte dabei wie ein elektrisches Knistern über den Platz. Gelegentliche Disharmonien, erzeugt durch Rufe wie: "Machen Sie Platz!" oder: "Lassen Sie bitte die jeden Moment eintreffenden Rettungskräfte durch", gingen scheinbar unter. Doch allmählich schienen die Exemplare des Homo Perplexis die Aufforderungen zu verstehen und begannen, das Feld zu räumen. Die Straßen waren also schon abgesperrt worden und die plötzlich schnell lauter werdenden Signale mehrerer Martinshörner bestätigten die Vermutung. Innerhalb kurzer Zeit war das Areal um den Bahnhof abgesperrt, und Holger half der jungen Frau — inzwischen wusste er, dass sie Juliane hieß, 29 Jahre alt war und genau wie er allein lebte — bis zu einem der gerade eintreffenden Rettungswagen. Erst jetzt bemerkte er, dass er seinen Regenschirm im Eifer des Gefechts verloren hatte, was ihn zwar ärgerte, aber immerhin konnte er sich irgendwann, wenn er wieder in London wäre, einen neuen dieser besonders schönen Stücke kaufen. Die drei anderen konnten das nicht mehr. Sie waren die Opfer der materialisierten Ängste der Herde geworden, denn bereits jetzt stand fest, der Koffer enthielt keine Bombe, sondern war nur von einem Hastenden versehentlich stehen gelassen worden. "Das sind die Geister, die jeden Tag gerufen werden", sinnierte Holger leise und beschloss, an seinem Leben endlich etwas zu ändern. "Vielleicht sollte ich aufs Land ziehen, da passiert so was nicht", überlegte er und sah die grüne, nach Klee duftende Wiese, über die romantisch zwei Hasen hoppelten, bereits in seiner Phantasie vor sich. Plötzlich verstand er gar nicht, warum er jemals nach Berlin gekommen war. Es konnten nur die Verlockungen der Großstadt gewesen sein, die zwar viel versprach, doch wenig hielt, nicht nur ihn, sondern fast alle unter permanenten Stress setzte, um sie immer wieder täglich die gleichen Dinge tun zu lassen, die sie dann auch noch als Lebensqualität empfanden, obwohl sie, wie ein Hamster in seinem Laufrad, vom Glück so weit entfernt waren.

Dabei hätte Holger sein Glück heute gefunden, wenn er Juliane nach ihrer Telefonnummer gefragt hätte. Doch das tat er nicht und so erfuhr er es nie. Für ihn stand allerdings fest, ab morgen mit dem Auto zur Arbeit zu fahren. Allein! Schließlich wollte er sein Glück nicht überstrapazieren, denn aller guten Dinge waren bekanntlich drei. Bei den schlechten schien es nicht anders zu sein. Die Tür des Rettungswagens wurde geschlossen, die letzte Chance auf sein Glück damit vertan, aber das Rad des Lebens drehte sich weiter.

Berlin-Alexanderplatz, Bahnhof und Haltestelle, Knotenpunkt, Treffpunkt, Drehkreuz und Verteilstation, Wahrzeichen neuer alter Geschichte und imaginärer, zugleich schmutziger Ort für neue Geschichten, die viel zu schnell verdrängt wurden.

Bereits morgen würden die riesigen Würmer wieder halten, als wäre nichts geschehen. Sie würden wieder ihre Mäuler öffnen, denen Hunderte – ameisengleich – entweichen, die sich erneut auf abgetretenen Pfaden auf den Weg machen, hastig eilend, manche hetzend, doch die meisten gleichmäßig schnell vergessend. Das war der Preis, Segen und Fluch zugleich, der für das Leben in den großen Städten gezahlt werden musste.

Parallelwelten

Er saß in seiner Zelle und ließ die Hand, mit der er den Zeitungsartikel hielt, auf sein Bein herabsinken. Leicht schmunzelnd streckte er sein Gesicht in die Sonne, die durch das geöffnete Fenster schien. 'Die Gitterstäbe werden keine hellen Streifen hinterlassen. Schließlich dreht sich die Erde weiter, egal in welchem der vielen Parallelwelten ich mich gerade befinde', dachte er und schloss die Augen, um nicht geblendet zu werden. Der Artikel, den er gerade gelesen hatte, faszinierte ihn und regte zugleich seine Phantasie an. "Wenn die 'Viele-Welten-Theorie' stimmt, und Entscheidungen orts- und zeitgleich Parallelwelten entstehen lassen, dann bin ich in wenigstens zwei dieser Welten tot", murmelte er vor sich her, und in Gedanken reiste er in die Vergangenheit. Es war seine Vergangenheit, und er betitelte sie als das Ich-Universum. Für ihn war es die einzig logische Entscheidung, denn nur er hatte dieses Ich-Universum erlebt. Sie natürlich auch, aber ihre Reise war jäh beendet worden, und genau dieser jähe Abbruch hatte gleichzeitig die anderen Universen erschaffen. Das besagte die Theorie.

Einige Minuten sinnierte er über diese Gedanken und bemerkte plötzlich, wie er den Stuhl, auf dem er saß, etwas verschob, um wieder die Sonnenstrahlen auf seiner Haut einzufangen. Die Erde drehte sich also immer noch und das hieß auch, die Uhr tickte weiter. Die Sekunden wurden zu Minuten, die Minuten zu Stunden, diese zu Tagen, Wochen, Monaten, Jahren. Die Entlassung rückte unaufhaltsam näher und damit auch die Angst einiger Leute, die sich gewünscht hatten, sein Schiff würde auf hoher See im Orkan versinken. Doch es war nicht gesunken. Die Beschädigungen waren zwar enorm, aber es hielt immerhin so lange, bis das rettende Ufer erreicht werden konnte. Die Zeit des Wartens hatte er genutzt und viel nachgedacht, viel gelesen und auch damit begonnen, viel aufzuschreiben.

Mittlerweile stand sein Stuhl an der Wand und die Sonne verabschiedete sich aus seinem Haftraum, den er immer Apartment nannte. Die Justizvollzugsbeamten – die nannte er Wärter, obwohl im Knast meist von Schließern die Rede war – regten sich darüber auf. Zumindest einige von ihnen; aber das war so nebensächlich wie die vielen Säcke Reis, die regelmäßig in China umkippten. "Egal, Hauptsache die Kinder leben", sagte er leise, stand auf und rückte den Stuhl vor den kleinen Tisch, der auch seinem Apartment die stilistische Raffinesse verlieh, die allen Apartments des Hauses innewohnte.

Er setzte sich, griff einige Blatt Papier und einen Stift. Kurz überlegte er, dann schrieb er drei Überschriften auf drei Blätter, legte zwei davon beiseite und starrte einige Minuten auf das fast leere Blatt. Reglos saß er da und es hatte fast den Anschein, als täte er nichts. Plötzlich zog er die Kappe von seinem Füllfederhalter und begann zu schreiben.

Das Ich-Universum

Der Film fängt gerade an, als das Essen auf dem Tisch steht. "Heute dürft ihr ausnahmsweise mal beim Essen fernsehen", sage ich, und die Jungs wissen das zu schätzen. Dieser Tabubruch kommt nur selten vor, aber heute ist es egal, denn ihre Ferien haben soeben begonnen.

Nach dem Essen räume ich das Geschirr weg, und in der Werbepause ziehen die beiden ihre Schlafanzüge an. Ich gehe auf den Balkon und rauche eine Zigarette. Ich nehme mir ein Glas Wein mit, genieße die Stille und die milde Nachtluft. 'Es ist ungewöhnlich warm und morgen ist schon Oktober', denke ich und inhaliere den Rauch. Ab und zu sehe ich durch das Fenster nach den Jungs. Sie genießen ihren Film und ich meine Ruhe. Ich hole mir ein weiteres Glas Wein am Küchenfenster und denke an meine Freundin. 'Seit gestern ist sie bei ihrer Mutter und wird bestimmt eine Menge zu erzählen haben. Morgen rufe ich dich an', nehme ich mir vor.

Der Film ist vorbei. Ich gehe zu den Jungs, um sie ins Bett zu bringen. "Na los, ab ins Bett", sage ich, doch die beiden protestieren. "Papa, es kommt noch Mr. Bean. Dürfen wir das gucken? Bitte!", betteln sie gemeinsam und ich weiß, was sie sagen, wenn ich ablehne. "*Bei Mama dürfen wir immer Mr. Bean gucken. Beide Folgen.*" "Okay, aber nur eine Folge. Danach ist Schluss." Sie sind einverstanden, und so ist es mir möglich, nochmals kurz auf dem Balkon Platz zu nehmen. Ich fühle mich schlapp. Die Woche war anstrengend, aber morgen kann ich ausschlafen. Deshalb gönne ich den Jungs ihre halbe Stunde mit Mr. Bean. Sie amüsieren sich köstlich, und mir macht es Spaß, sie so kichern zu sehen.

Als die Folge vorbei ist, schalte ich den Fernseher aus. Die beiden maulen kurz rum, aber jetzt ist Protest bei mir zwecklos. "Na los, ihr beiden. Mr. Bean wird wiederholt und dann könnt ihr es noch mal sehen. Für heute ist Schluss. Ab ins Bad, Zähne putzen und pullern." Die Jungs ziehen ab, und als ich ihnen einige Minuten später folge, spülen sie gerade ihre Münder aus. "Schon gepullert?", frage ich den Kleineren, und als Antwort zieht er sich die Hose runter und stellt sich auf Zehenspitzen an die geöffnete Toilette. Er liebt es, im Stehen zu pinkeln wie die Großen. Es sieht lustig aus, und ich kann mir ein Grinsen nicht verkneifen.

Einige Minuten später liegen die Jungs in den Betten. "Na dann, gute Nacht ihr beiden", sage ich und gebe jedem noch einen Kuss. "Gute Nacht, Papa", antworten sie, dann mache ich das Licht aus und schließe die Zimmertür.

Ich gehe zurück ins Wohnzimmer und weiter auf den Balkon. 'Noch eine Feierabendzigarette', denke ich und zünde mir die Letzte für heute an. Während ich sie rauche, gehen mir die verschiedensten Gedanken durch den Kopf und mir fällt wieder ein, dass ich mir einen Film ansehen wollte, der mittlerweile schon angelaufen ist. 'Aber noch sicherheitshalber die Zähne putzen', denke ich, denn häufig schlafe ich beim Fernsehen ein. Wenn ich dann irgendwann durch die Geräuschkulisse des nächsten oder gar übernächsten Films aufwache, hasse ich es, diesen abgestandenen Geschmack im Mund zu haben.

Gesagt, getan. Als das erledigt ist, lösche ich in der Küche und im Wohnzimmer das Licht und begebe mich ins Schlafzimmer. Ich schalte meine Nachttischlampe an, die neben dem Bett auf dem Boden steht und hole die Fernbedienung von der Kommode. Auf ihr steht der Fernseher. Ich schalte das Gerät ein und wie erwartet, läuft der Film schon.

'Egal', denke ich und mache es mir auf dem Bett bequem. Ich ziehe mich nicht aus und decke mich auch nicht zu, denn es ist erst drei viertel elf. Irgendwann muss ich den Kleinen noch mal auf die Toilette setzen, damit er bis morgen Früh durchhält. Deshalb lümmele ich mich nur auf meine Bettdecke.

Es dauert nicht lange und der Film wird durch eine Werbepause unterbrochen. Irgendwie fühle ich mich schlapp und ausgelaugt. Ich schließe die Augen, nicht um zu schlafen, sondern nur, um etwas zu entspannen und den Film weiterzusehen, sobald die Werbung vorbei ist.

Als ich die Augen wieder öffne, die Schießerei der Protagonisten des Streifens ist in vollem Gange, wird mir etwas klar. 'Ich muss wohl doch eingenickt sein, aber jetzt geht es wieder.' Ich verändere meine Position *von bequem in bequem*, um wieder wach zu werden und bemühe mich, dem Geschehen auf dem Bildschirm zu folgen. Plötzlich höre ich es klingeln. Nur kurz, aber ausreichend. 'Wer will denn was um diese Zeit', denke ich, als es nochmals kurz läutet. Ich stehe auf und gehe zur Wohnungstür, um durch den Spion zu sehen. Es ist alles dunkel. Schon wieder ein kurzes Läuten, und ich nehme den Hörer der Wechselsprechanlage in die Hand. "Ja?"

"Ich bin's", höre ich eine weinerliche Stimme. "Können wir kurz reden?", fragt sie.

Wie automatisiert antworte ich Ja und drücke auf den Türöffner. Ich schließe die Wohnungstür auf und öffne einen Spalt. Jetzt brennt im Hausflur Licht und ich höre Schritte. Ich sehe auf die Uhr. 'Tolle Zeit. Es ist kurz vor halb zwölf', geht mir durch den Kopf.

Wenige Augenblicke später steht sie vor der Tür. "Können wir reden?"

"Meinetwegen", antworte ich und lasse sie rein.

Sie betritt den Flur und ich sehe, wie sie neben ihrer Handtasche eine Geschenktüte mit einer Flasche darin trägt. 'Sicher von der Feier', denke ich, und während ich die Wohnungstür schließe, frage ich: "Wolltest du nicht bei einer Geburtstagsparty arbeiten?"

"Ich konnte da nicht lange bleiben. Ich muss mit dir reden", antwortet sie wie aus der Pistole geschossen.

Da die erste Tür im Flur ins Schlafzimmer führt, diese geöffnet ist und der Fernseher läuft, betritt sie den Raum und setzt sich am Fußende auf die Bettkante. Ich folge ihr und nehme etwas unterhalb des Kopfkissens Platz. Die Geschenktüte liegt auf ihrem Schoß, und mir zugewandt sagt sie:

– Wir müssen noch einmal wegen der Scheidung reden.

– Was gibt's denn da noch zu reden? Ich glaube nicht, dass ich gestern viel vergessen habe.

– Du bist nicht du selbst und ich verzeihe dir. Ich verzeihe dir auch, dass du drei Monate mit einer anderen Frau gelebt hast.

– Erspar mir den Scheiß.

– Nein, warte! Ich liebe dich immer noch von ganzem Herzen und ich möchte, dass du wieder mein Mann bist.

– Merkst du es nicht? Es hat keinen Sinn mehr, denn das, was du mir im Laufe der letzten Jahre immer wieder angetan hast, lässt sich nicht mehr reparieren. Es ist zu viel kaputt gegangen. Allein, wenn ich mir die letzten Wochen ansehe, dann kommt mir das Kotzen *sage ich ruhig zu ihr.*

– Deswegen möchte ich mich bei dir entschuldigen. Was hältst du davon, wenn wir die Flasche in den Kühlschrank stellen und nachher zusammen trinken. Dann wird alles wieder gut, für immer.

Ich denke, ich höre nicht richtig und frage mich, ob ich gestern zwei Stunden mit ihrer Zwillingsschwester geredet habe, *'eine allein kann doch nicht so blöde sein', trällert ein Engelchen auf meiner Schulter sitzend vor sich her,* denn so kommt es mir gerade vor. Ich antworte:

– Nimm deine Flasche wieder mit nach Hause, und trink sie später mit wem du willst.

– Das sagst du nur wegen deiner Nutte. Du liebst sie gar nicht, denn das bildest du dir nur ein, weil sie dich verhext hat. Ich hab doch die Zaubersprüche selbst gesehen.

– Jetzt geht das wieder los. Hör endlich mit diesem Mist auf.

Ich schüttele den Kopf und setze mich anders hin. Ich stütze die Ellenbogen auf meine Oberschenkel und lege mein Gesicht in meine Hände. Ich schüttele immer noch leicht den Kopf, als ich sage:

– Ich denke es ist besser, wenn du jetzt gehst.

– Du bist so dumm, so ein Arschloch. Du merkst gar nicht, dass diese Nutte nur ein Visum und dein Geld will.

– Halt endlich die Fresse! Ich kann deinen Scheiß nicht mehr hören. Warum hab ich mir das die letzten Jahre angetan? Ich hätte schon vor zwei Jahren Schluss machen müssen. Aber lieber spät als nie. *Meine Stimme wird dabei schon lauter.*

– Du bist so blöd. Ich liebe dich und du merkst es nicht. Aber ich kämpfe um dich, denn du bist mein Mann, *antwortet sie lautstark und irgendwie leicht hysterisch.*

– *Den Kopf immer noch in den Händen liegend und dabei leicht hin und her schüttelnd* Dein Ex-Mann. Kapier's endlich!

– Wir gehören zusammen, für immer. Deiner Nutte überlasse ich nicht meine Kinder. Das kannst du vergessen!

– Halt die Schnauze! *sage ich sehr barsch.* Es reicht. Sie ist eine bessere Stiefmutter, als du jemals Mutter sein wirst. Wo soll's auch herkommen, wenn ich mir deine ansehe. Damit ist das Thema beendet, und außerdem weißt du ja, wie die Jungs zu ihr stehen.

– Das lasse ich mir nicht bieten. Ich lasse nicht zu, dass diese Nutte mit meinen Kindern zusammenlebt. Es sind meine Kinder. *Sie ist laut und erregt.*

– Das hättest du dir früher überlegen sollen. Jetzt ist es zu spät, viel zu spät. Die Jungs verstehen sich blendend mit ihr, und das ist dein Problem. Du bist selbst auf die Kinder eifersüchtig.

– Du und die Jungs, ihr werdet schon sehen, was ihr davon habt *droht sie erbost.*

– *Ich sage nur barsch* Raus! Es reicht.

– Du bist mein Mann *kreischt sie kurz auf.*

Im letzten Moment bemerke ich, wie sie mich attackiert. Ich kann gerade noch den Arm hochreißen, als die Flasche trifft. Ein stechender Schmerz zuckt durch meinen rechten Unterarm, und nur dumpf nehme ich wahr, wie sich der Schlag noch zwei oder dreimal wiederholt, bis ihr die Flasche aus der Hand entgleitet. Sie fällt nach rechts und bleibt auf der hinteren Hälfte des Betts liegen.

Ich stemme mich gegen die Angreiferin, drücke sie mit dem Rücken aufs Bett und versuche, ihre Arme zu ergreifen. Es gelingt mir, mich auf ihren Unterleib zu setzen. Ihren rechten Arm halte ich mit meiner linken Hand fest, aber mit der rechten Seite will es mir nicht gelingen. Ich versuche, wenigstens ihre linke Schulter zu fixieren und spüre, dass in meiner rechten Hand kein Gefühl und scheinbar keine Kraft vorhanden ist. Aber insgesamt wirkt die Lage gesichert.

Auf ihr sitzend, brülle ich sie kurz an. "Bist du bescheuert?" Sie antwortet nicht und sieht mich nur an. Ihre Augen sind zu schmalen Schlitzen zusammengekniffen und ihre Gesichtszüge hart. Sie wirkt zu allem entschlossen und atmet schnell.

Plötzlich schnellt ihr Unterkörper nach oben. Durch ihre hohen Absätze, die Füße stehen auf dem Boden, wird die Wirkung noch verstärkt. Ich falle seitlich nach rechts über sie hinweg und stoße gegen die Wand. Bereits als ich mich umdrehe registriere ich, wie sie versucht, an die Flasche heranzukommen. Es scheint ihr zu gelingen. Sie streckt sich, soweit sie kann und berührt den Flaschenhals bereits wieder mit ihren Fingerspitzen. 'Sollte beim nächsten Schlag die Flasche zerbrechen, dann hat sie eine Stichwaffe in der Hand', blitzt es in meinem Kopf auf.

Schlagartig schnelle ich nach vorn und greife nach dem Ersten, womit ich mich verteidigen kann. Es ist ein mit Steinen gefüllter Beutel. Er liegt auf den Kisten, die in der Ecke stehen. *Mein Keller ist zu voll und hier stören sie nicht. Sie stapeln hinter der Tür, wenn sie geöffnet ist. Jetzt ist sie aber geschlossen und der Weg frei.* Ich schleudere ihn in ihre Richtung. Der Treffer sitzt zwar, und sie gerät aus dem Tritt, aber der Beutel zerreißt und einige Steine purzeln aufs Bett. Immerhin hat sie ihre Flasche verloren; aber sie versucht sofort, einen herumliegenden Stein zu ergreifen. Es gelingt ihr.

Ohne nachzudenken, dafür ist keine Zeit mehr, tue ich es ihr gleich. Ich weiß, was sie vorhat, obwohl ich ein Szenario in dieser Form nie bedacht habe. Sie will nicht nur die Kinder, sondern uns alle mitnehmen. *Charmant, aber mit sorgenvollem Blick berichtet der Nachrichtenmoderator darüber, dass eine Frau in N. erst ihre drei Kinder und dann*

*sich selbst tötete. Meine Frau sieht die Nachrichten auf-
merksam an. Dann sagt sie lächelnd, die Kaffeetasse dabei
in der Hand, zu meiner Kollegin und mir: "Die hat es besser
gemacht als ich. Noch mal gehe ich nicht allein." Ich emp-
finde Todesangst, denn ich weiß, sie ist dazu fähig und wird
es jetzt tun. "Als sich mein damaliger Freund von mir getrennt hat, habe ich schon Mal versucht, mir das Leben zu
nehmen", sagt sie lächelnd zur attraktiven Stationsärztin
und mir. "Finden Sie das so lustig?", fragt die Psychiaterin
zurück. Meine Frau zuckt nur mit den Schultern, aber sie
lächelt immer noch.*

Sie schlägt zu und ich kann den Schlag mit der linken
Hand abwehren. Auch ich dresche nun in ihre Richtung.

Schläge. Treffer.

Gegenwehr.

Wollt ihr den totalen Krieg?

Das Greifen fällt schwer.

Keine Schmerzen!

Der Stein fällt mir aus der Hand.

Du oder ich. Du oder wir.

Überlebenskampf. Nahkampf. Einschläge.

Panik und Angst. Horror und Wahn.

Rausch, Blutrausch, Adrenalin.

Leicht fröstelnd komme ich neben dem Bett kniend zu
mir. Ich bin außer Atem und fühle mich dehydriert. Ich sehe
an mir herab. Alles ist rot. Sie liegt auf dem Bett. Geschafft.
Sie scheint endlich aufgegeben zu haben. Sie hat für immer
aufgegeben!

Ich stehe auf. 'Bis die Polizei kommt warte ich auf dem
Balkon', denke ich und verlasse das Schlafzimmer, nicht
ohne es hinter mir abzuschließen.

Er war mit dem Schreiben fertig und sah kurz aus dem Fenster. Es begann zu dämmern. Gedankenversunken drehte er sich eine Zigarette. Als er damit fertig war, stand er auf und zündete sie am offenen Fenster an. Während er den Rauch tief inhalierte, überlegte er, wie er weitermachen sollte und entschied sich, mit ihrem Betreten des Hauses zu beginnen, wohl wissend, das Paralleluniversum wurde trotzdem erst mir ihrer Attacke geschaffen. Zufrieden mit dieser Entscheidung schmiss er den Zigarettenstummel aus dem Fenster und setzte sich wieder an den Tisch. 'Das ist fast wie, hätte hätte Fahrradkette; aber was soll's', dachte er und begann erneut mit dem Schreiben.

Das Horror-Universum

Die Straßenbahn hielt und mit sicherem Gang stieg sie aus. Noch 100 Meter bis zu seinem Haus und somit die letzten 100 Meter, auf denen sie ihre Entscheidung ändern konnte. Aber warum? Diese Nacht war die Nacht der Nächte. Die Nacht der Entscheidung über Leben und Tod. Es hing ganz von ihm ab, alles hing von ihm ab.

In Dunkelheit gehüllt näherte sie sich dem Haus. Niemand begegnete ihr auf diesem Weg, und sie war froh, heute nicht mit ihm gesprochen zu haben. Das, was er ihr gestern am Telefon gesagt hatte, erregte sie immer noch. Die Wut in ihr war noch nicht verraucht. Ihr Mann wollte sich scheiden lassen. Von ihr! Dabei hielt er ihr gestern vor, was sie ihm und den Kindern alles angetan hatte. Na und. Sie, das Topmodel, war bereit, wieder ihr Leben mit ihm zu verbringen. Genau das hatte er abgelehnt, sie zurückgewiesen, sie beschimpft und beleidigt und gesagt, es gäbe keine gemeinsame Zukunft mehr. Hatte er das nur wegen seiner neuen Freundin gemacht oder weil er wusste, dass sie vor einem Jahr einen Minderjährigen begrabscht hatte? Von den Affären mit ihrem behandelnden Arzt aus dem Krankenhaus Friedrichshain, dem Restaurantbesitzer aus Kreuzberg, den vielen anderen Männern aus ihrem Bekanntenkreis – zum Teil zahlten sie immerhin nicht schlecht – wusste er nichts. Er tat zwar so, aber das waren nur Vermutungen von ihm. Er konnte es schließlich gar nicht wissen und außerdem: Er war ihr Mann! Einmal mehr bereute sie, den Versprechungen der anderen Männer geglaubt und damit ihre Ehe aufs Spiel gesetzt zu haben. Wahrscheinlich wollten sie nur mit ihr ins Bett, aber das war jetzt unwichtig, denn es galt, die gemachten Fehler auszumerzen.

Als sie vor dem Klingeltableau stand, atmete sie tief durch und verscheuchte ihre Wut. Sie brauchte jetzt Tränen, und als sie kurz an die Enttäuschung dachte, die sie schon einmal vor zehn Jahren erfahren hatte – damals hatte sich ihr Freund von ihr getrennt und sie den ersten Suizidversuch unternommen – stellten sich die salzigen Tröpfchen wie auf Bestellung ein. Auch ihre Stimmung änderte sich radikal.

Sie klingelte kurz und wartete. Nichts tat sich. Sie ging einige Schritte zurück und sah nach oben. Das Wohnzimmerfenster war dunkel, und das konnte nur heißen, dass er bereits im Bett lag. Jetzt schon? Es war gerade mal halb zwölf, und wie sie ihn kannte, wollte er den Kleinen noch mal auf die Toilette setzen, damit er nachts nicht einpullern würde. Er achtete schließlich immer peinlich genau darauf.

Sie klingelte erneut. Nur kurz zwar, aber diesmal dauerte die Pause nicht so lange, bis sie wieder den Knopf betätigte. Endlich gab es eine Reaktion von oben.

"Ja", hörte sie seine Stimme.

"Ich bin's. Können wir kurz reden?", fragte sie weinerlich.

"Ja." Die Stimme klang nicht begeistert, aber der Türöffner gab sein brummendes Geräusch von sich. Sie öffnete und betrat den Hausflur. Bedächtig ging sie die Stufen nach oben und wusste spätestens jetzt ganz genau, dass es richtig war, ihn heute nicht angerufen zu haben. Die Frage, ob sie sich am Abend sehen könnten, hätte er mit einem Satz weggewischt. "Warum? Es ist letzte Nacht alles gesagt worden."

Mit dem Überraschungseffekt auf ihrer Seite kam sie in seiner Etage an. Bereits auf den letzten Stufen sah sie ihn an der Tür stehen. Das Gewicht des Mitbringsels wog schwer; aber das nahm sie kaum wahr. "Können wir reden?", sagte sie vor der Tür stehend. Sie kannte ihn und wusste, er würde ihr dieses Gespräch gewähren. Selbst dann, wenn sie nicht seine Frau wäre.

"Meinetwegen", antwortete er und trat etwas beiseite. Sie hatte den Flur gerade betreten, als er fragte: "Wolltest du nicht bei einer Geburtstagsparty arbeiten?"

"Ich konnte da nicht lange bleiben. Ich muss mit dir reden."

Sie registrierte sofort, dass die erste Tür geöffnet war. Licht und Geräusche drangen aus dem Schlafzimmer und sie betrat es, ohne zu fragen. Warum auch? Schließlich war er ihr Mann und damit war es auch ihr Schlafzimmer. Bei strenggenommener Betrachtung zumindest und sie sah es streng.

Sie setzte sich auf die Bettkante und platzierte die Geschenktüte auf ihrem Schoß. Das Gewicht des Mitbringsels war immer noch erdrückend, aber als auch er sich auf die Bettkante setzte, ließ es etwas nach. Vielleicht bestand doch noch Hoffnung.

"Wir müssen noch einmal wegen der Scheidung reden."

"Was gibt's denn da noch zu reden? Ich glaube nicht, dass ich gestern viel vergessen habe."

"Du bist nicht du selbst und ich verzeihe dir. Ich verzeihe dir auch, dass du drei Monate mit einer anderen Frau gelebt hast."

"Erspar mir den Scheiß."

"Nein, warte! Ich liebe dich immer noch von ganzem Herzen und ich möchte, dass du wieder mein Mann bist."

"Merkst du es nicht? Es hat keinen Sinn mehr, denn das, was du mir im Laufe der letzten Jahre immer wieder angetan hast, lässt sich nicht mehr reparieren. Es ist zu viel kaputt gegangen. Allein, wenn ich mir die letzten Wochen ansehe, dann kommt mir das Kotzen." Seine Stimme klang ruhig bei dem, was er sagte.

"Deswegen möchte ich mich bei dir entschuldigen. Was hältst du davon, wenn wir die Flasche in den Kühlschrank stellen und nachher zusammen trinken. Dann wird alles wieder gut, für immer", antwortete sie und ihre Stimme ließ unmissverständlich erkennen, dass sie in diesem Zimmer übernachten wollte. Das war jedenfalls eine der beiden Optionen.

"Nimm deine Flasche wieder mit nach Hause und trink sie später, mit wem du willst." Die Stimme ihres Mannes war immer noch ruhig.

"Das sagst du nur wegen deiner Nutte. Du liebst sie gar nicht, denn das bildest du dir nur ein, weil sie dich verhext hat. Ich hab doch die Zaubersprüche selbst gesehen", erwiderte sie sehr erregt.

"Jetzt geht das wieder los. Hör endlich mit diesem Mist auf." Genervt rollte ihr Mann mit den Augen und stützte seinen Kopf auf die Hände. "Ich denke es ist besser, wenn du jetzt gehst."

"Du bist so dumm, so ein Arschloch. Du merkst gar nicht, dass diese Nutte nur ein Visum und an dein Geld will." Ihre Erregung war bereits deutlich gestiegen, doch sie bemühte sich noch, die Situation nicht eskalieren zu lassen. Aber alles schien auf Plan-B hinauszulaufen.

"Halt endlich die Fresse! Ich kann deinen Scheiß nicht mehr hören. Warum hab ich mir das die letzten Jahre angetan? Ich hätte schon vor zwei Jahren Schluss machen müssen. Aber lieber spät als nie." Seine Stimme klang nicht mehr so ruhig, wie noch vor wenigen Sekunden und die Uhr tickte.

"Du bist so blöd. Ich liebe dich und du merkst es nicht. Aber ich kämpfe um dich, denn du bist mein Mann", antwortete sie lautstark und leicht hysterisch.

"Dein Ex-Mann. Kapier's endlich!" Er schüttelte bei diesen Worten leicht den Kopf, den er immer noch auf seine Hände stützte.

"Wir gehören zusammen, für immer. Deiner Nutte überlasse ich nicht meine Kinder. Das kannst du vergessen!" Ihre Stimme drohte sich zu überschlagen, tat es aber noch nicht.

"Halt die Schnauze!", sagte er sehr barsch. "Es reicht. Sie ist eine bessere Stiefmutter, als du jemals Mutter sein wirst. Wo soll's auch herkommen, wenn ich mir deine ansehe. Damit ist das Thema beendet, und außerdem weißt du ja, wie die Jungs zu ihr stehen."

"Das lasse ich mir nicht bieten. Ich lasse nicht zu, dass diese Nutte mit meinen Kindern zusammenlebt. Es sind meine Kinder." Ihre Stimme klang erregt, aber Hunde, die bellen, beißen bekanntlich nicht.

"Das hättest du dir früher überlegen sollen. Jetzt ist es zu spät, viel zu spät. Die Jungs verstehen sich blendend mit ihr, und das ist dein Problem. Du bist selbst auf die Kinder eifersüchtig."

"Du und die Jungs, ihr werdet schon sehen, was ihr davon habt." Ihre Stimme klang äußerst erbost.

"Raus! Es reicht", antwortete ihr Mann barsch, ohne dabei aufzusehen.

"Du bist mein Mann", kreischte sie kurz auf und schnellte plötzlich nach vorn wie eine gespannte Feder.

Das Mitbringsel wie eine Keule in der rechten Hand haltend, schlug sie auf seinen Kopf ein. Ihr Mann war zu überrascht, um noch reagieren zu können. Die schwere Flasche traf ihn rechts oberhalb der Stirn. Benommen sackte er nach hinten. Vielleicht nahm er wie aus weiter Ferne noch ihre Stimme *Mein Mann* und ein dumpfes Hämmern auf seinen Kopf wahr, bevor das Bewusstsein ihn verließ, doch das herabrinnende Blut – die Platzwunde war sehr groß –, welches sein Gesicht benetzte und auf die Bettdecke tropfte, spürte er jedenfalls nicht mehr. Erst recht nicht mehr die kalte Flüssigkeit, die sich über ihn ergoss, als die Flasche beim nächsten Schlag auf seinem Schädel zerbrach.

Seine Frau war in Rage, und als sie den scharfkantigen Flaschenhals in ihrer rechten Hand hielt, überlegte sie nicht, sondern stach zu. Immer wieder hieb sie auf seinen Hals ein. Erst nach unzähligen Stichen ließ sie von ihm ab. Sein Blut spritzte bereits in hohem Bogen an die Wand und aufs Bett.

Wie versteinert sah sie ihn an. Ihr langes schwarzes Haar war zerzaust, ihre Hände blutig, aber innerlich fühlte sie sich erleichtert. Der erste Schritt war getan. Als diese Erkenntnis völlige Klarheit in ihr erlangt hatte, setzte sie sich neben ihn und zog seinen Kopf auf ihren Schoß. Das Blut hatte aufgehört zu spritzen. Zärtlich streichelte sie ihn. "Ich hab dir doch erst vor einigen Tagen gesagt, dass ich dich so sehr liebe und auch mit dir sterben will", flüsterte sie leise. Tränen liefen an ihren Wangen herab und fielen auf sein blutiges Gesicht. Die Flüssigkeiten vermischten sich. 'Genau wie es sein soll', dachte sie glücklich. Bald wären sie für immer vereint. In wenigen Minuten sollte es soweit sein, aber das ewige Glück in der anderen Welt war noch nicht perfekt. Das wusste sie, seitdem sie den Tunnel erstmalig betreten und ihre Oma im Licht getroffen hatte. "Bis gleich, mein Schatz", hauchte sie und schob die Leiche ihres Mannes zurück aufs Bett. Sie küsste kurz auf seinen Mund und stand auf.

Leise verließ sie das Schlafzimmer und warf einen Blick in den benachbarten Raum. Die Kinder schliefen. Sie schloss die Tür wieder geräuschlos und ging in die Küche. Dort öffnete sie den Schubkasten und nahm das rasiermesserscharfe Keramikmesser heraus. Es war schön zu wissen, dass ihr Mann stets auf solche Kleinigkeiten achtete. Wie oft hatten sie gemeinsam Tiere zerlegt und mit dieser Klinge das rohe Fleisch geschnitten. Ein Lächeln huschte über ihr Gesicht.

Mit dem Messer in der Hand lief sie ins andere Kinderzimmer, um zwei Kissen zu holen. Wie immer an den Wochenenden, so durften die Jungs auch heute zusammen schlafen, und das taten sie im Zimmer des Kleinen. Nur dort gab es ein ausziehbares Gästebett.

Mit den Kissen und dem Keramikmesser ging sie ruhig in den anderen Raum. Sie setzte sich auf die Kante des Gästebetts. Zufrieden sah sie ihren älteren Sohn, er war gerade sieben geworden, an. "Ich verzeihe dir, mein Schatz", sagte sie so leise, dass nur sie es hören konnte. Immerhin hatte er sie verraten, als er sagte, er wolle nur noch bei seinem Papa wohnen. Aber das war jetzt egal. Eine unendliche Liebe durchströmte sie, und diese Liebe ließ sie in Gedanken kurz zu ihrer eigenen Kindheit zurückkehren. Die Erinnerung zeigte ihre Oma, die mit ruhiger Hand die Kehle und die

Halsschlagader des Lämmchens durchtrennte. Als sie es das erste Mal sah, war sie schockiert, aber Omi hatte dem Mädchen von damals versichert, das Lämmchen leide nicht, wenn man alles richtig machte. Von da an sah sie öfter zu, und als die Sonne hinter den Anden versank, versank auch ihre Traurigkeit.

Jetzt saß das Mädchen von damals auf der Bettkante und lächelte. 'Bis gleich, mi amor', dachte sie und setzte die extrem scharfe Klinge am Hals an. Mit der anderen Hand hielt sie das Kissen leicht oberhalb des Gesichts des Jungen. "Dios bendigo", raunte sie noch. Dann führte sie den Schnitt aus und drückte dabei das Kissen auf sein kleines Gesicht. Wie sie erwartet hatte, glitt die Klinge durch den Hals des Kindes wie durch zimmerwarme Butter.

Eine Zeitlang wartete sie und als kein Zucken mehr zu spüren war, hob sie das Kissen und betrachtete kurz ihr Werk. Ihr Lächeln zeigte, sie war zufrieden. Sie hatte perfekt und geräuschlos gearbeitet, genau wie Oma es ihr gezeigt hatte. Der andere Junge schlief tief und fest.

Nun setzte sie sich zu ihm und wiederholte das Procedere, nicht ohne auch dem Kleinen in Gedanken eine gute Reise gewünscht zu haben. "Mami kommt gleich", war das Letzte, was er hätte hören können, wenn er wach gewesen wäre.

Einen Moment wartete sie am Bett und betrachtete ihre Söhne. Die Dunkelheit des Zimmers ließ sie wie schlafende Engel aussehen. Sie lächelte, stand auf und überlegte kurz, ob sie die Körper aufs Bett im Schlafzimmer bringen sollte. Sie entschied sich dagegen. Es waren schließlich nur noch Hüllen und unwillkürlich sah sie an die Decke des Zimmers. Sie glaubte zu spüren, wie die drei unruhigen Seelen auf sie herabblickten. "Jetzt bleiben wir für immer zusammen. Versprochen!"

Sie verließ das Kinderzimmer und ging wieder nach nebenan. Ohne viele Geräusche zu machen, legte sie sich auf das Bett zu ihrem Mann. Sie wusste, sie würde heute die scharfe Klinge richtig durch ihre Pulsadern führen und nicht so, wie die letzten beiden Male. Erst schnitt sie die der linken Hand durch, dann die der rechten. Es würde etwas dauern, das war ihr klar. Sie drehte sich zu ihrem Mann. Zärtlich schmiegte sie sich an ihn und stach sich mit der Spitze des Messers in ihre Halsschlagader. 'Omi, meine liebe Omi, ich komme', war ihr letzter Gedanke. Zufrieden schloss sie die Augen und freute sich auf das Wiedersehen.

Erschöpft ließ er den Stift fallen. Draußen war es stockdunkel, aber er viel zu aufgewühlt, um ans Schlafen denken zu können. 'Eine Zigarette reicht jetzt nicht', wusste er und drehte sich gleich zwei. Dann stand er auf und ging ans offene Fenster. Die Nachtluft tat ihm gut und unwillkürlich dachte er an das soeben Geschriebene. Er bekam eine Gänsehaut. Mehrere Jahre hatte sie mit so einem Szenario gedroht und erst später im Knast realisierte er, dass das, was er noch schreiben musste, der Wahrheit am nächsten kam. Doch das interessierte damals niemanden. Nicht die Herren Richter und erst recht nicht den Pflichtverteidiger, dessen Aufgabe scheinbar nur darin bestand, ihm ständig zu erklären, warum das alles egal sei. Aber sei's drum, der zweite Verteidiger war sein Geld wert und rettete, was noch zu retten war.

Entspannt zündete er sich die erste Zigarette an und inhalierte den Rauch tief. Dabei sah er zu den Sternen, die vereinzelt am Firmament leuchteten und erfreute sich kurz an deren Anblick. Bald dürfte er ihn wieder in Freiheit genießen. Dann aber außerhalb der hochgepriesenen modernen

Welt. Am besten vom Meer aus. Die Lichter der Großstadt entzauberten dieses Leuchten, nahmen ihm seine magische, unendliche Weite, machten es zu etwas Kleinem. Er schaute lange zu den Sternen, und erst die Hitze an seinem Zeigefinger holte ihn in die Realität zurück. Die Zigarette war fast abgebrannt, ohne dass er daran gezogen hatte. Er schmiss sie aus dem Fenster und zündete die zweite an. Diesmal dachte er an den Text, den er noch schreiben musste und war sich sicher, es bis zum Morgengrauen schaffen zu können. "Ich glaube, ich bin hier der Einzige, dem 24 Stunden oft zu kurz sind", sinnierte er leise und bereitete sich schnell noch einen Mitternachtskaffee zu.

Zwei Zigaretten später setzte er sich wieder an den Tisch. Er zog die leeren Blätter zu sich und sah auf die letzte Überschrift. Sein Stift begann wie von allein über das Papier zu gleiten.

Das Killer-Universum

Es war kurz vor 23 Uhr, als sie die Wohnung verließ und zur Straßenbahnhaltestelle ging. Den ganzen Abend hatte sie eine innere Unruhe empfunden, haderte mit der Entscheidung, die er ihr aufgezwungen hatte; aber einige Gläser Wein und eine ausreichende Dosis Schmerzmittel halfen ihr, die Angst zu überwinden und sich auf den Weg zu machen. Sie hoffte darauf, dass der Plan, den sie zusammen mit ihrer besten Freundin ausgeheckt hatte, funktioniert. Es war ein Notfallplan, aber seit letzter Nacht gab es keine andere Möglichkeit mehr und ab kommenden Dienstag wäre es aus. Da hätte er einen Anwaltstermin und wollte die Scheidung einreichen. Genau das hatte er ihr letzte Nacht gesagt und sich von ihren Tränen am Telefon wieder nicht erweichen lassen. Es war aus, daran bestand kein Zweifel mehr und sie, die attraktive Frau, stand ohne alles da. Das war das Einzige, was sicher war. Doch dafür hatte sie ihn nicht geheiratet, ihre Heimat verlassen und sich Jahre lang um ihn und die Kinder gekümmert. Sie wollte ihren Anteil, hatte ihm sogar angeboten, wieder bei ihm einzuziehen, aber er lehnte genau das stets ab. Jetzt war das Trennungsjahr vorbei und sie bereute es, ihn damals von heute auf morgen vor die Tür gesetzt zu haben. Spätestens ab nächste Woche würden alle über sie lachen, und die ständige Suche nach einem wohlhabenden Mann, der sie auf Händen trüge und ihre Wünsche erfüllt, würde weitergehen. In der Regel endete die Suche nach ein oder zwei Nächten, aber manche Männer ließen auch einen Geldschein zurück. Es gab sogar welche, die wiederkamen. Doch genau die konnten sie nicht auf Händen tragen, auch wenn sie es gewollt hätten.

Als sie heute Morgen bei ihrer Freundin vor der Tür stand – sie wohnte nicht weit weg und hatte ihr schon vor Tagen gesagt, sie sollten nicht mehr telefonieren, wenn die Aktion beginnt – und ihr vom nächtlichen Gespräch mit ihrem Mann berichtete, sagte sie nur: "Dann musst du es heute durchziehen. Spätestens morgen. Du weißt, wo die Pässe der Kinder liegen und das Geld für die Flugtickets hast du doch zusammenbekommen. Die kaufst du am Wochenende am Flugplatz. Wenn du alles richtig machst, hast du wenigstens eine Woche Zeit und bist dann schon lange zu Hause, wenn man seine Leiche findet. Das mit der Notwehr klappt auf jeden Fall und dein eigenes Land wird dich nicht nach Deutschland ausliefern. Dir passiert gar nichts, und wenn du endlich erbst, dann hast du all das, was er dir nicht geben wollte."

"Soll ich ihn anrufen?", hatte sie ihre Freundin noch gefragt, aber diese hatte vehement verneint.

"Er hat dir doch gesagt, dass er am Dienstag die Scheidung einreicht. Warum sollte er dich noch mal reinlassen, wenn du vorher anrufst? Es klappt nur, indem du ihn überraschst. Er hat die Kinder und ist auf jeden Fall zu Hause", waren die Worte ihrer Freundin gewesen und damit hatte sie recht. So wie immer. Der Überraschungseffekt musste genutzt werden und dazu hatte sie nur noch zwei Nächte Zeit.

Sie stieg in die Straßenbahn und als sie saß, prüfte sie noch einmal ihr Handy. Es war zwar seit drei Stunden ausgeschaltet, aber irgendeine innere Stimme riet ihr, es trotzdem mitzunehmen. Sie hätte es auch zu Hause lassen können, doch falls etwas außer Kontrolle geraten würde, konnte sie wenigstens Hilfe rufen. 'Wahrscheinlich bin ich nur zu ängstlich', dachte sie. Heute musste sie beweisen, sich nicht wie ein altes Möbelstück abservieren zu lassen. Der Alkohol, den sie daheim getrunken hatte, wirkte, und als sie sich in den Arm kniff, spürte sie nur dumpfen Druck auf der Haut. Das Schmerzmittel *Gott sei gepriesen für die Erfindung von Tilidin* hielt ebenfalls, was es versprach. "Nur zur Sicherheit, falls er sich wehren kann. Am besten wäre ja, ihr hättet Sex und er schläft irgendwann ein", hatte ihre Freundin heute Morgen noch grinsend gemeint, aber das Szenario war mehr als unwahrscheinlich, seit er sie rausgeschmissen und einige Tage später bemerkt hatte, dass sie einen Wohnungsschlüssel mitgehen ließ. Den Schlüssel hatte sie einige Tage später heimlich in den Schulranzen ihres Sohns gelegt *Er kann ihn ja mitgenommen haben*, aber auch das hatte er ihr gestern wütend vorgehalten. Genau wie den Umstand, dass sie einen Minderjährigen belästigt und diverse Verhältnisse gehabt haben soll. Sie hatte zwar alles abgestritten, doch er glaubte ihr nicht. Egal. Wenn sie erst wirtschaftlich erfolgreich wäre – und das stand unmittelbar bevor –, dann würde sich der Rest schon finden. 'Dann halt ohne dich Arschloch', dachte sie und erhob sich von ihrem Sitz. Sie musste gleich aussteigen und hoffte, die Kinder würden bereits im Bett liegen und schlafen. Eigentlich hoffte sie es nicht, sie wusste es, aber ein prüfender Blick in Richtung seiner Fenster sollte in wenigen Minuten die endgültige Klarheit bringen.

Sie hing die Handtasche über ihre Schulter und nahm die Geschenktüte mit der Mordwaffe in die Hand. Die Straßenbahn hielt und sie stieg aus. Die Nachtluft war erstaunlich mild. Es war kaum zu glauben, aber in einer halben Stunde begann bereits der Oktober.

Auf dem Weg zu seinem Haus dachte sie kurz an das Tagebuch, welches sie vor einigen Wochen zu schreiben angefangen hatte. Ursprünglich sollte er es finden und gerührt von ihrer Treue zu ihr zurückkommen. Doch er fand es nicht, weil er nie bei ihr schlief, wie sie anfangs gehofft hatte. Jetzt erfüllte dieses Tagebuch einen viel besseren Zweck. Es war ihr Alibi, ihr Leumund. Selbst, wenn heute Nacht einiges schief gehen sollte, würde es ihr unschätzbare Dienste erweisen. Genau wie ihre Freundin, die ihr versprochen hatte zu sagen, sie wüsste, ihr Mann habe sie eingeladen. Doch das nur für den Fall, wenn etwas außer Kontrolle geriet und damit war nicht zu rechnen. Der Plan war schließlich einfach und simpel. So einfach sogar, dass er über jeden Zweifel erhaben war.

Als sie vor dem Klingeltableau stand, atmete sie tief durch und verscheuchte ihre Gedanken. Sie brauchte jetzt Tränen, und als sie kurz an die Enttäuschung dachte, die sie schon einmal vor zehn Jahren erfahren hatte – damals hatte sich ihr

Freund von ihr getrennt und sie den ersten Suizidversuch unternommen – stellten sich die salzigen Tröpfchen wie auf Bestellung ein. Auch ihre Stimmung änderte sich radikal.

Sie klingelte kurz und wartete. Nichts tat sich. Sie klingelte erneut. Nur kurz zwar, aber diesmal dauerte die Pause nicht so lange, bis sie wieder den Knopf betätigte. Endlich gab es eine Reaktion von oben.

"Ja", hörte sie seine Stimme.

"Ich bin's. Können wir kurz reden?", fragte sie weinerlich.

"Ja." Die Stimme klang nicht begeistert, aber der Türöffner gab sein brummendes Geräusch von sich. Sie öffnete und betrat den Hausflur. Bedächtig ging sie die Stufen nach oben und wusste spätestens jetzt ganz genau, dass es richtig war, ihn heute nicht angerufen zu haben. Die Frage, ob sie sich am Abend sehen könnten, hätte er mit einem Satz weggewischt. "Warum? Es ist letzte Nacht alles gesagt worden."

Mit dem Überraschungseffekt auf ihrer Seite kam sie in seiner Etage an. Bereits auf den letzten Stufen sah sie ihn an der Tür stehen. Das Gewicht der Geschenktüte wog schwer; aber das nahm sie kaum wahr. "Können wir reden?", sagte sie vor der Tür stehend. Sie kannte ihn und wusste, er würde ihr dieses Gespräch gewähren. Selbst dann, wenn sie nicht seine Frau wäre.

"Meinetwegen", antwortete er und trat etwas beiseite. Sie hatte den Flur gerade betreten, als er fragte: "Wolltest du nicht bei einer Geburtstagsparty arbeiten?"

"Ich konnte da nicht lange bleiben. Ich muss mit dir reden."

Sie registrierte sofort, dass die erste Tür geöffnet war. Licht und Geräusche drangen aus dem Schlafzimmer und sie betrat es, ohne zu fragen. Warum auch? Schließlich war er ihr Mann, und einen geeigneteren Ort für das, was gleich passieren würde, gab es nicht.

142

Sie setzte sich auf die Bettkante und platzierte die Geschenktüte auf ihrem Schoß. Das Gewicht der Mordwaffe war immer noch erdrückend, aber als auch er sich auf die Bettkante setzte, ließ es etwas nach.

"Wir müssen noch einmal wegen der Scheidung reden."

"Was gibt's denn da noch zu reden? Ich glaube nicht, dass ich gestern viel vergessen habe."

"Du bist nicht du selbst und ich verzeihe dir. Ich verzeihe dir auch, dass du drei Monate mit einer anderen Frau gelebt hast."

"Erspar mir den Scheiß."

"Nein, warte! Ich liebe dich immer noch von ganzem Herzen und ich möchte, dass du wieder mein Mann bist."

"Merkst du es nicht? Es hat keinen Sinn mehr, denn das, was du mir im Laufe der letzten Jahre immer wieder angetan hast, lässt sich nicht mehr reparieren. Es ist zu viel kaputt gegangen. Allein, wenn ich mir die letzten Wochen ansehe, dann kommt mir das Kotzen." Seine Stimme klang ruhig bei dem, was er sagte.

"Deswegen möchte ich mich bei dir entschuldigen. Was hältst du davon, wenn wir die Flasche in den Kühlschrank stellen und nachher zusammen trinken. Dann wird alles wieder gut, für immer", antwortete sie und ihre Stimme ließ unmissverständlich erkennen, dass sie in diesem Zimmer übernachten wollte. Das war die beste Option.

"Nimm deine Flasche wieder mit nach Hause und trink sie später, mit wem du willst." Die Stimme ihres Mannes war immer noch ruhig.

"Das sagst du nur wegen deiner Nutte. Du liebst sie gar nicht, denn das bildest du dir nur ein, weil sie dich verhext hat. Ich hab doch die Zaubersprüche selbst gesehen", erwidert sie sehr erregt.

"Jetzt geht das wieder los. Hör endlich mit diesem Mist auf." Genervt rollte ihr Mann mit den Augen und stützte seinen Kopf auf die Hände. "Ich denke es ist besser, wenn du jetzt gehst."

"Du bist so dumm, so ein Arschloch. Du merkst gar nicht, dass diese Nutte nur ein Visum und an dein Geld will." Ihre Erregung war bereits deutlich gestiegen, doch sie bemühte sich, die Situation noch nicht eskalieren zu lassen. Alles schien auf Plan-B hinauszulaufen.

"Halt endlich die Fresse! Ich kann deinen Scheiß nicht mehr hören. Warum hab ich mir das die letzten Jahre angetan? Ich hätte schon vor zwei Jahren Schluss machen müssen. Aber lieber spät als nie." Seine Stimme klang nicht mehr so ruhig, wie noch vor wenigen Sekunden und die Uhr tickte.

"Du bist so blöd. Ich liebe dich und du merkst es nicht. Aber ich kämpfe um dich, denn du bist mein Mann", antwortete sie lautstark und leicht hysterisch.

"Dein Ex-Mann. Kapier's endlich!" Er schüttelte bei diesen Worten leicht den Kopf, den er immer noch auf seine Hände stützte.

"Wir gehören zusammen, für immer. Deiner Nutte überlasse ich nicht meine Kinder. Das kannst du vergessen!" Ihre Stimme drohte sich zu überschlagen, tat es aber noch nicht.

"Halt die Schnauze!", sagte er sehr barsch. "Es reicht. Sie ist eine bessere Stiefmutter, als du jemals Mutter sein wirst. Wo soll's auch herkommen, wenn ich mir deine ansehe. Damit ist das Thema beendet, und außerdem weißt du ja, wie die Jungs zu ihr stehen."

"Das lasse ich mir nicht bieten. Ich lasse nicht zu, dass diese Nutte mit meinen Kindern zusammenlebt. Es sind meine Kinder." Ihre Stimme klang sehr erregt, aber Hunde, die bellten, bissen bekanntlich nicht.

"Das hättest du dir früher überlegen sollen. Jetzt ist es zu spät, viel zu spät. Die Jungs verstehen sich blendend mit ihr, und das ist dein Problem. Du bist selbst auf die Kinder eifersüchtig."

"Du und die Jungs, ihr werdet schon sehen, was ihr davon habt." Ihre Stimme klang äußerst erbost.

"Raus! Es reicht", antwortete ihr Mann barsch, ohne dabei aufzusehen.

"Du bist mein Mann", brüllte sie und schnellte plötzlich nach vorn wie eine gespannte Feder.

Den Inhalt der Geschenktüte wie eine Keule in der rechten Hand haltend, schlug sie auf seinen Kopf ein. Ihr Mann war zu überrascht, um noch reagieren zu können. Die schwere Flasche traf ihn rechts oberhalb der Stirn. Benommen sackte er nach hinten. Er nahm ein dumpfes Hämmern auf seinen Kopf wahr, bevor das Bewusstsein ihn verließ. Das herabrinnende Blut – die Platzwunde war sehr groß –, welches sein Gesicht benetzte und auf die Bettdecke tropfte, spürte er nicht mehr. Erst recht nicht mehr die kalte Flüssigkeit, die sich über ihn ergoss, als die Flasche beim nächsten Schlag auf seinem Schädel zerbrach.

Seine Frau war zwar in Rage, doch als sie den scharfkantigen Flaschenhals in ihrer rechten Hand hielt, tat sie genau das, worüber sie mit ihrer Freundin am Morgen gesprochen hatte. Sie stach zu. Mehrmals hieb sie auf seinen Hals ein. Als sie von ihm abließ, spritzte sein Blut bereits in hohem Bogen aufs Bett und auch etwas an die Wand.

'Geschafft', dachte sie und ihr fiel auf, es war leichter gewesen, als sie ursprünglich erwartet hatte. Sie verließ das Schlafzimmer und öffnete leise die Tür des Nachbarraums. Die Kinder schliefen. Dann ging sie zur Wohnungstür und zog vorsichtig den Schlüsselbund aus dem Schloss. Daran befestigt war auch der Schlüssel für die Stahlkassette, die sie vor einigen Tagen in seinem Versteck gefunden hatte, und worin sich die Pässe der Kinder befinden mussten, die sie nun dringend benötigte.

Als sie die Kassette öffnete, traf sie der Schlag. Es lagen keine Pässe darin und das hieß, der ursprüngliche Plan war nicht mehr durchführbar. Jetzt war guter Rat teuer. Kurz überlegte sie, ob sie ihre Freundin anrufen sollte, aber sie ließ es. Sie nahm die beiden Päckchen heraus und sah hinein. Der Schlag traf sie noch einmal. Es war die Abfindungssumme, die ihr Mann in den letzten Monaten immer angeboten hatte.

Sie dachte intensiv nach und tat dann das, was naheliegend war. Sie steckte die beiden Geldpäckchen in ihre Handtasche, schloss die Stahlkassette wieder – nicht ohne sie vorher abgewischt zu haben – und ging in die Küche. Sie sah sofort das von ihm benutzte Weinglas und nahm ein zweites aus dem Schrank. In beide füllte sie etwas von dem Wein, den er am Abend bereits getrunken hatte. Dann ging sie mit der geöffneten Flasche und den Gläsern zurück ins Schlafzimmer. Ihr Glas stellte sie auf den Nachtschrank, das andere auf den Boden neben der Lampe. Sie warf es um und die rote Flüssigkeit breitete sich auf dem Teppich aus. Anschließend ging sie leise zurück ins Wohnzimmer und sah vom Balkon auf die Straße. Niemand schien etwas von der Auseinandersetzung gemerkt zu haben. Doch sicherheitshalber wollte sie noch etwas warten. Vielleicht war die Polizei schon unterwegs. Für diesen Fall beschloss sie, sich einige Verletzungen zuzufügen. Als sie ihn früher schon der Gewalt bezichtigt hatte, um ihren Forderungen Nachdruck zu verleihen, war es immer daran gescheitert. Ihre Freundin hatte ihr deswegen schon oft Vorhaltungen gemacht. "Du

146

musst dir ein oder zwei Platzwunden zufügen, dann glaubt man dir", hatte sie immer gesagt.

Ihr Gehirn lief auf Hochtouren und endlich kam die rettende Idee. Er hatte sie eingeladen, denn das wollte schließlich auch ihre Freundin bestätigen, und beim Versöhnungssex wollte er mehr, als sie bereit war zu geben. Dann kam es so, wie es schon früher häufig war. Er schlug sie. Doch diesmal viel mehr als sonst. Sie hatte Angst. Auch viel mehr als sonst, diesmal sogar um ihr Leben. Schon früher hatte ihr niemand geglaubt und stets war er ungestraft davongekommen. In ihrer Verzweiflung, und nach mehreren Schlägen von ihm, schlug sie zurück. Das erste Mal in ihrem Leben. 'Das könnte klappen', überlegte sie und war sich sicher, die Rolle des Opfers diesmal perfekt spielen zu können. Alles stand auf dem Spiel. Nur für das Geld brauchte sie noch eine Lösung, und dafür musste sie nur einmal kurz die Wohnung verlassen.

Als sie drei Minuten später wieder oben ankam, das Geld hatte sie in seinem Keller deponiert und den Schlüssel in ihrer Handtasche, zog sie erst ihm die Hose und dann sich selbst ganz aus. Mehrmals schlug sie ihren Hinterkopf an die Kante des Schranks und war sich sicher, dass die Schwellung innerhalb weniger Minuten eintreten würde. Das Tilidin half und sie war glücklich, es eingenommen zu haben. Vor allem bei dem, was ihr jetzt noch bevorstand.

Sie platzierte die rechte Seite ihres Kopfs über der Kante des Nachttischs und stieß dagegen. Mehrmals wiederholte sie es und als die Kante rot und ihr langes Haar klebrig feucht geworden war, lächelte sie. Einige Male hatte sie dabei geschrien. "Hör endlich auf! Du tust mir weh. Bitte!" Im Anschluss warf sie sich leicht gegen den Schrank und die Tür. Dieser Lärm war nicht zu überhören. Am Schluss schmierte sie sich etwas von seinem Blut an ihre Hände und zerwühlte ihre langen schwarzen Haare. Dann riss sie sich welche aus und tat sie zwischen seine Finger.

Einige Minuten wartete sie, dann nahm sie ihr Handy, schaltete es ein und rief die Notrufnummer an. Als sie die Anschrift nannte, teilte man ihr mit, Hilfe sei bereits unterwegs. Ein wachsamer Nachbar hätte den Lärm gehört und sich bereits gemeldet. Zufrieden beendete sie das Telefonat und weckte weinend die Kinder.

Er ließ den Stift fallen und rieb sich die Augen. "Das hätte sogar funktioniert, so wie die Justiz hierzulande tickt", murmelte er und drehte sich die letzte Zigarette des Tages. Es wurde bereits wieder hell draußen. Die Zeit war einmal mehr wie im Flug vergangen, und auch der Schlaf, den er in wenigen Minuten nachholen würde, sorgte dafür, dass das Ende seines Aufenthalts näher rückte.

Während er rauchte, dachte er wieder an die Theorie der vielen Welten. Ein Grinsen huschte über sein Gesicht, als er sich vorstellte, was sie in einigen dieser Welten vielleicht machen würde. "Da sie ihre eigene Geschichte überall mit hinnimmt, dürfte auch überall nur Scheiße rauskommen", sagte er versöhnlich und drehte sich doch noch eine Zigarette, bevor er zu Bett ging.

Der Beamte

Wolfgang Bergmann lebte ein geordnetes Leben. Nach außen hin. Seine Nachbarn sahen, wie er jeden Morgen zur selben Zeit das Haus verließ. Seine Kollegen sahen ihn stets zur selben Zeit seine Mittagspause machen, und der Pförtner sah ihn immer pünktlich gehen. In der Firma, in der Wolfgang arbeitete, galt er als verschrobener Kauz, als Pedant, und hinter seinem Rücken nannten ihn die Kollegen: der Beamte. All das wusste Wolfgang.

Auch an diesem Donnerstag folgte er seinen Gewohnheiten, doch bereits im Bus freute er sich auf seine abendlichen Aktivitäten. Die Liste mit den Personalangaben, die er letzte Woche im Kopierer gefunden und von der er unbemerkt eine Kopie für sich gemacht hatte, verschaffte ihm ganz neue Möglichkeiten. 'Gerade die Vogel hat das verdient', dachte er und erinnerte sich an ihr heuchlerisches Lächeln, als er die von ihr vergessenen Blätter an sie zurückgab. Sie war doch der Dreh- und Angelpunkt allen Tratschs, dessen war Wolfgang sich sicher. Einmal hatte er sie überrascht, als sie sich mit den Kollegen darüber lustig machte, warum seine Kommen- und Gehenzeiten immer gleich waren. "Nur am Montag, da war er schon um 7:29 Uhr da", hatte sie gesagt und die anwesenden Kollegen lachten daraufhin. Das

Lachen verstummte sofort, als er die Tür öffnete. Wolfgang hatte sich nicht anmerken lassen, alles gehört zu haben. Er wünschte freundlich einen guten Tag, legte die Mappe mit den Briefen auf den Tisch und verließ das Büro wieder. Als die Tür sich damals schloss, hatte das Kichern sofort wieder eingesetzt.

Wolfgang stieg aus dem Bus – wie immer zur selben Zeit – und lief die wenigen Meter bis zum Haus, in dem er wohnte. Wie gewöhnlich machte er sich etwas zu essen, danach den Abwasch, um sich dann ins Wohnzimmer zu setzen. Er schaltete wie immer den Fernseher ein, doch diesmal auch den Laptop, den er sich vor einigen Monaten gekauft hatte. Vom Film bekam er nichts mit, als er begann, seinen Racheplan in die Tat umzusetzen.

Er startete das Torprogramm und tauchte in die anonyme Welt des Internets ein. Schon seit Wochen hatte er sich darauf vorbereitet. Wolfgang spürte die Aufregung, die seine Hände leicht zittern ließ. Die Planung seiner Rache war eine Sache, deren Umsetzung eine ganz andere. Obwohl allein, fühlte er sich plötzlich beobachtet und sah instinktiv zur Zimmertür. Nervös wischte er seine feuchten Hände an der Hose trocken, dann arbeitete er die Punkte seiner Liste nach und nach ab. Er hatte die Liste im Kopf, wäre nie auf die Idee gekommen, sich Notizen zu machen. Man konnte schließlich nie vorsichtig genug sein.

Zuerst lud er die Fotos, die er vor längerer Zeit ausgewählt hatte. Sie zeigten eine attraktive ältere Frau, die recht lasziv vor der Kamera posierte. Dann meldete er sich in der Community an und aktualisierte die Informationen des vor einer Woche vorbereiteten Profils. Es dauerte nicht lange, bis die ersten Kontaktwünsche eingingen. Die von Wolfgang angesprochene Zielgruppe war stets online und er sich sicher, wie die Wünsche von Frau Vogel, die er reifes Vögelchen nannte, gerade die Runde machten. Kurz bevor er den Laptop ausschaltete – bald war Schlafenszeit – gab er den jungen Herren die Anschrift und lud sie zu unterschiedlichen Zeiten ein. "Bis nachher. Dein reifes Vögelchen freut sich auf dich. Bring ein paar Freunde mit", war die letzte Botschaft, die er noch abschickte, bevor er zu Bett ging.

Am nächsten Tag erschien er auf Arbeit. Es war 7:30 Uhr und das Sekretariat nicht besetzt. Nicht nur Wolfgangs Aufregung stieg. Es fiel ihm schwer, seine Neugier im Zaum zu halten. Hatte die Sekretärin verschlafen? Er war in seiner Planung davon ausgegangen, dass deren Nacht unruhig und sie heute sehr zerknirscht an ihrem Schreibtisch sitzen würde. Was er dann hörte, enttäuschte ihn im ersten Moment. Frau Vogel habe sich krankgemeldet, erfuhr er, aber kurz darauf eine ganze Menge mehr. Das ließ sich in einem Großraumbüro nicht vermeiden. Frau Müller, die beste Freundin der Sekretärin und zugleich wandelnde Litfaßsäule, wusste zu berichten, was letzte Nacht passiert sei. Die anderen Kollegen saßen mit ihren Kaffeetassen um deren Schreibtisch und hörten gebannt zu. Nur Wolfgang saß vor seinem Monitor, wirkte zwar unbeteiligt, war aber ganz bei der Sache. Heute fiel es ihm schwer, die Distanz zu den Kollegen zu wahren, aber nichts durfte anders sein als an den anderen Tagen und er sich die Freude nicht anmerken lassen. Am liebsten hätte Wolfgang losgelacht und in die Hände geklatscht, als er hörte, wie gut sein Plan funktioniert hatte. Frau Müller erzählte, dass ab 23 Uhr immer wieder junge Männer bei den Vogels geklingelt und die Sekretärin aus dem Bett gerissen hatten. Herr Vogel bekam davon nichts mit, denn er war im Nachtdienst. Sie habe sehr ungehalten reagiert, als sie an der Wechselsprechanlage erfuhr, warum der Besuch vor der Tür stand. Es kam zum Streit, ein Wort gab das andere, aber kurze Zeit später schien alles vorbei zu sein. Doch dann klingelte es erneut. Wieder junge Männer, höchstwahrscheinlich bekifft, forderten die Einlösung des Versprechens. Das brachte das Fass zum Überlaufen. Frau Vogel habe aus dem Fenster geschrien, die Kerle sollten sich vom Acker machen, sonst riefe sie die Polizei, doch die war schon unterwegs. Nachbarn hatten sie gerufen, denn bei dem Lärm konnte niemand schlafen. Als sie eintraf, waren noch mehr junge Männer da. Die Polizisten versuchten, auf der Straße für Ruhe zu sorgen und die besorgten Nachbarn verfolgten das Spektakel. Die meisten hinter der Gardine. Einer der jungen Männer präsentierte in seinem Smartphone das Bild und die Einladung, worauf ein besonders aufmerksamer Nachbar meinte, man habe im Haus schon länger so etwas vermutet. Schließlich sei der arme Ehemann jede Nacht arbeiten und … naja. Alles ergäbe ein düsteres Bild. Das sah ihr Mann scheinbar genauso, als er vom Dienst kam und die Menge zu dieser ungewöhnlichen Morgenstunde vor dem Haus sah. Es war gerade mal 4:00 Uhr. "Berlin schläft nie, aber dass du so was machst, hätte ich nicht gedacht, hat er enttäuscht gesagt und 20 Minuten später mit einem Koffer die Wohnung verlassen. Jetzt ist sie Single, beteuert aber, dass ihr irgendwer böse mitgespielt hat", endete Frau Müller schadenfroh grinsend ihren Bericht. Wolfgang war nicht nur zufrieden, er empfand Glücksgefühle und es fiel ihm schwer, die Ruhe zu bewahren. Schon jetzt ahnte er, was es nächsten Freitag über die schöne Müllerin zu berichten gäbe.

Der Fluch

Reinhild saß am Bett der Patientin und hielt deren Hand. In wenigen Minuten würde es vorbei und sie von ihren Leiden erlöst sein. Die Injektion wirkte. Die alte Frau gab keine gurgelnden Geräusche, ausgelöst durch qualvolle Schmerzen im letzten Gefecht des Lebens, von sich. Nach mehr als 80 Jahren war es geschafft, und die zwar müden, aber im Moment auch Dankbarkeit ausstrahlenden Augen, sollten sich schließen. Endlich! Erlösung für die alte Frau, aber nicht für Reinhild, die das, was sie tat, liebte und hasste.

Ein letztes Mal strich sie über die Hand der Alten, die kraftlos und matt auf der Decke lag, welche den dürren, ausgemergelten Körper verhüllte. Dann erlosch das Licht in ihr. "Geschafft. Ich wünsch dir eine gute Reise", murmelte Reinhild leise, schloss sanft die blinden Augen der Toten und sah auf die Uhr. 23:17 Uhr. Normalerweise begann sie immer sofort mit dem Ausfüllen des Totenscheins, aber heute war es anders. Sie überlegte, wie sie mit dem, was ihr die alte Frau in den letzten Tagen anvertraut hatte, umgehen sollte.

Einige Minuten blieb Reinhild nachdenklich auf der Bettkante sitzen und schaute das blasse Gesicht der Toten an. Dann erhob sie sich leise und begann mit dem Ausfüllen des amtlichen Dokuments. 23:17 Uhr am 17.05.2015.

Todesursache: Darmkrebs mit Metastasenbildung im Endstadium, notierte sie mit zitternder Hand. Dann unterschrieb sie das Papier, machte das kleine Stempelchen neben ihre Unterschrift und steckte alles zurück in die Mappe. Wie an anderen Tagen auch, war ihre Arbeit am Patienten damit fast erledigt. Nur noch ein Anruf in der Pathologie war notwendig, und hier würde es nicht anders sein. Ein kalter Schauer lief ihr den Rücken herunter, als sie an das dachte, was ihr bevorstehen könnte, sollten die Worte der Alten nicht nur eine gefaselte Phantasie am Ende des Lebens, sondern Tatsache sein. Die Chancen dafür waren immer noch gering, und Reinhild schüttelte den Gedanken ab. Als die alte Frau vor einer Woche auf ihre Station verlegt wurde, war sie ihr sofort sympathisch, aber warum nur hatte sie der Sterbenskranken ihr Wort gegeben? Vielleicht war es in einem Anflug von Mitleid geschehen.

Gedankenversunken ging sie in den Aufenthaltsraum des Personals der Todesstation. So nannten diesen Bereich alle Mitarbeiter des kleinen Krankenhauses. Sie nahm eine Tasse und goss sich etwas von dem alten Kaffee ein, der bereits seit Stunden in der Kanne warmgehalten wurde. Sie wusste, er würde bitter schmecken. Zwei Stück Zucker machten den Geschmack erträglicher. Für heute dürfte ihre Arbeit fast beendet sein. Nur die Kontrollen in den Zimmern der anderen Palliativpatienten standen noch aus.

Reinhild ging mit der Tasse ans Fenster, öffnete es und fingerte sich eine Zigarette aus der Schachtel, die auf dem Fensterbrett lag. Nachts wurde das Rauchverbot meist ignoriert, und daher zündete sie sich den Glimmstängel an. Sie inhalierte den Rauch tief und dachte dabei an Hilde, die vor nunmehr einer viertel Stunde ihr Leben ausgehaucht hatte. Wenn die Prophezeiung der Alten wahr würde, dann blieben noch rund fünfzehn Minuten. Reinhild schmunzelte, doch dieses Schmunzeln überspielte nur ihre Unsicherheit. Fünfzehn Minuten des Wartens, fünfzehn Minuten der Ungewissheit und der Angst. Eigentlich wollte sie Hilde nur einen letzten Gefallen erweisen, als sie zögerlich ihr Wort gegeben hatte. Das war vor drei Tagen gewesen, doch diesen Tagen waren andere Tage vorausgegangen, an denen die Alte ihre Lebensgeschichte erzählt hatte. Es war jedoch nicht nur eine, es waren mehrere, die sich über die Jahrhunderte hinweg zogen. Reinhild hatte schon von ähnlichen Fällen gehört, aber die Leute, die davon berichteten, wurden meist belächelt und als Spinner abgetan. Wissenschaftlich ließ sich schließlich nichts belegen, und die angeblich historischen Fakten konnten sich die Betroffenen verschafft und mit ihrer regen Phantasie Geschichten daraus zusammengesponnen haben.

Anfangs hatte auch Reinhild diese Erzählungen für die Ausgeburten genau dieser regen Phantasie – oder der einsetzenden Verwirrung – der Alten gehalten. Irgendwann dachte sie, Hilde sei eine Esoterikerin, doch dann erzählte sie etwas, was Reinhild aufhorchen ließ. Aber das war erst vor zwei Tagen. Da hatte sie ihr Wort bereits gegeben, und die Konsequenzen, die ihr die Alte am Vortag aufgezeigt hatte, nur belächelt. Innerlich zumindest. "Die Zusage ist auch für dein nächstes Leben bindend", hatte die Alte ihr zuvor lächelnd gesagt. Reinhild hätte nie gedacht, den Ablauf der ersten halben Stunde eines Lebensendes einmal so herbeizusehnen, wie sie es gerade tat. Automatisch schaute sie auf ihre Armbanduhr. 23:36 Uhr und damit immer noch neun Minuten des Wartens und der Angst.

Nervös schnippte sie den Zigarettenstummel aus dem Fenster und beobachtete dessen Flug nach unten. Funken versprühend schlug er geräuschlos auf der asphaltierten Fläche unter den Fenstern auf und verkroch sich dann in die Dunkelheit. Genauso geräuschlos, wie sich Hildes Seele vor über 600 Jahren davongeschlichen hatte. Vorher hatte sie noch eine Drohung in Richtung ihres Peinigers ausgestoßen. "Ich komme irgendwann wieder und werde die männliche Linie deines Erstgeborenen auslöschen", hatte sie vor mehr als einem halben Jahrtausend dem Amtsvorsteher der kleinen Gemeinde zugeschrien, kurz bevor sie, an Armen und Beinen gefesselt, von der Brücke in den Fluss geworfen wurde. "Ich verfluche deine Linie", konnte sie damals noch im letzten Moment brüllen, dann verlor sie das Gleichgewicht und stürzte in den Strom, der ihren geschundenen Leib nicht mehr freigab. Der Amtsvorsteher hatte den Beweis erbracht. Hilde – damals nannte sie sich Undine – war eine Hexe. Ansonsten hätte Gott sie erhört und nicht ertrinken lassen. Sie, die Kräuterfrau, war eben keine Heilerin, wie die meisten Leute im Dorf bis dahin geglaubt hatten, sondern eine böse Zauberin, die sich mit dunkler Magie und anderen satanischen Dingen auskannte. Wie sonst wäre es ihr gelungen, des Nachts auf dem Besen in sein Haus zu kommen und nicht nur in seinem Bett zu landen, sondern ihn auch noch zur Unzucht zu verführen. Auf jeden Fall hätte sie das versucht, beschwor er, doch sein Glaube an Gott habe ihn vor Schlimmerem bewahrt. Dass er ihr die Groschen für die Medizin nicht bezahlen wollte, die sie seiner Frau gebraut und verabreicht hatte, glaubte im Dorf niemand mehr, als sie es als Vorwand angeführt hatte. Die Bauern und Knechte bekreuzigten sich während des Prozesses immer wieder, und als ihr Körper endlich versank, hatte der Amtsvorsteher leises Gemurmel vernommen. Es war zufriedenes Gemurmel gewesen. Die Leute hatten bei Undines

156

Festnahme geholfen und waren sichtlich erleichtert, dass die Verhandlung nur einen halben Tag gedauert hatte. Mit ihrem Versinken war auch die Gefahr für immer gebannt. Selbst der Pope hatte sich mehrmals bekreuzigt und der Hexe dabei fest in die Augen geschaut.

Seitdem war Undine mehrfach wiedergeboren worden, und ihrer letzten Hülle, Hilde, war es endlich gelungen, die männliche Linie des Erstgeborenen rechtzeitig aufzuspüren. Jahrhundertelang hatte sie danach gesucht und jedes Mal die bittere Erfahrung der Erkenntnis neu durchlaufen müssen.

So vermutete es Reinhild jedenfalls, doch dann erzählte Hilde am vorletzten Tag ihres Lebens etwas, das sie nicht nur aufhorchen, sondern ihr einen Schauer der Angst über den Rücken laufen ließ.

"Erinnerst du dich noch an die große Narbe, die dein Opa am Arm hatte?", war die Frage der Sterbenskranken gewesen.

"Ganz vage. Ich war noch sehr klein, als er starb. Was hast du ...?" Weiter war sie mit ihrer Frage nicht mehr gekommen. Die Konsequenz ihrer Zusage kam ihr wie ein ungezügelter Orkan in den Sinn, und auch das, was passiert wäre, hätte Hildes letzte Vorgängerin Erfolg gehabt.

Die Alte hatte nur gelächelt. "Er war mir damals im letzten Moment entkommen. Ich war schon wieder eine alte Frau und er ein blutjunger Mann, aber ich hatte wenigstens seine Linie wiederentdeckt", sagte sie leise.

"Ich bin ein Teil dieser Linie."

Hilde hatte genickt. Nach einer langen Pause sagte sie: "Ich bin so müde. Dieser ewige Zyklus von Tod und Wiedergeburt ist auch ein Fluch für mich."

"Den ich dir jetzt abgenommen habe, weil ich nicht wusste, worauf ich mich einlasse."

"Vollende es einfach. Für dich ist es am leichtesten. Du siehst deinen Bruder doch regelmäßig."

"Aber er hat zwei fast erwachsene Töchter. Die direkte männliche Linie ist durchbrochen", hatte Reinhild erwidert.

"Es sieht zumindest so aus, aber es ist keine Garantie für die Zukunft. Er ist 42 und nur auf den Verdacht hin, er könnte noch einmal Vater werden, wollte ich nicht wiederkommen müssen." Hilde hatte bei diesen Worten gelächelt. "Ich will endlich weiterreisen."

"Ist es so schlimm hier?"

"Das ist es", hatte die Sterbenskranke gehaucht. "Ich will nicht noch einmal zurück. Du warst meine Chance, den Kreislauf endlich zu durchbrechen. Deswegen wollte ich in dieses Krankenhaus."

Reinhild zündete sich noch eine Zigarette an und schaute wieder auf die Uhr. 23:45 Uhr und damit noch zwei Minuten der Ungewissheit. Nervös sog sie den Rauch in ihre Lungen, und plötzlich spürte sie einen Windhauch, der ihr schulterlanges blondes Haar leicht wehen ließ. Mit weit aufgerissenen Augen sah sie zu den Bäumen, die unweit des Gebäudes standen. Nicht ein Blatt bewegte sich im Lichtkegel der Straßenlaterne. Reinhild hatte nur einen Gedanken. "Seine neue Flamme ist gerade mal 28. Ich darf nicht noch einmal Tante werden", murmelte sie, bevor sie auch diesen Stummel nach unten schnippte.